紙屋ふじさき記念館

故郷の色　海の色

JN009910

ほしおさなえ

角川文庫
22787

目次

Kamiya Fujisaki
Kinenkan

目次・扉デザイン　西村弘美

第一話　活版印刷

1

三月の後半。早くも桜が咲き、春爛漫《はるらんまん》である。バイトが休みの月曜日、大学は春休み中だが、サークル活動のために絵の具セットを持ってキャンパスに向かった。

晴れているが、少し霞《かす》んでいる。冬のきりっとした空気とちがい、春の空気はなんとなくもわっとしている。気分の問題じゃなくてほんとうに、春は空中に花の香りのもとになる粒子やら、花粉やら、目に見えない小さなものが飛び交っているんだと思う。

だから光もやわらかく、世界がふんわりして見える。そのせいかどうかはわからないが、いつも眠い。「春眠暁を覚えず」という言葉もあるくらいだから、春眠いのはきっと人間が古来ずっと感じてきたことのはずだ（たぶん）。

駅まで来たが、まだなんとなく眠い。家に帰って寝たいとまでは思わないけれど、公園でも行って、ぼんやり桜でも見ていたい、という気分ではある。

しかし、もちろんそんなことを言っている場合ではない。四月の新入生オリエンテーション期間中になんとしてでも新入部員を獲得しなければならない。わたしが所属する小冊子研究会は、部員一桁《ひとけた》の弱小サークル。新二年生が三人、わたしたち新三年生はふたり、新四年生がふたり。しかし、四年は就活もあって実質引退しているので、いま活動できるのは五人だけ。

その分、和気あいあいとしていて楽しいのだが、新一年生がはいらなかったら存続が危ぶまれる。大学祭で販売する冊子のクオリティにもかかわるし、大学祭期間中のシフトもきつくなる。

つまり、新歓をさぼれば将来の自分たちの首を絞めることになるのである。新三年生は荒船莉子《あらふねりこ》とわたしのふたり。わたしたちが三年生……。にわかには信じられないが、わたしたちが仕切るしかないのである。しかし、新二年生のメンバーはなかなかスペックが高く、頼れる人材がそろっている。乾公輝《いぬいきみてる》くんは高校時代から超短編ミステリという四百字以内のミステリを作り続け、自分のブログも持っている。松下侑子《まつしたゆうこ》さんはこれまた子どものころから短歌を作っている才女（美少女属性あり）。石井《いしい》こよりさんもスイーツを擬人化したスタンプを販売したり、即売イベントでスイーツ関係の同人誌を出しているツワモノである。

みな企画力や文章力がある上、石井さんは絵を描いたり、デザインしたり、冊子作成の総合的な力も高い。三年の莉子もＳＮＳにくわしく、人をまとめる力もあって、部長としての役割をちゃんと果たしている。

戦力としていちばん危ういのがわたしで、唯一の取り柄が「手作り力」なので、役立つのは大学祭のノベルティ作成のときだけ、という気がしないでもない。

とはいえ、去年から紙屋ふじさき記念館でバイトするようになったおかげで、紙のことには少しくわしくなった。だから今年の大学祭で販売する冊子の特集を「紙」にしたいと思っていたし、これは部員全員の賛同を得ていた。

紙はすごいのだ。それを伝えるためにも、しっかりした冊子を作りたい。取りあげたいものはいろいろある。ちゃんと取材に行って、いい写真をとって、きちんとした文章を書いて……。そのためにも意欲ある新入生にはいってもらわないと。

新入生オリエンテーション期間は一週間。そのあいだにポスター、立て看板を掲示し、ビラを配り、構内の小さなブースでの勧誘をおこなう。

ビラの原稿はできており、あとは簡易印刷機で印刷するだけ。立て看板もすでに新二年生が作ってくれている。

ブースではこれまでに大学祭用に作ってきた冊子と個人制作の小冊子を置き、立ち寄ってくれた人全員にサークル概要を説明した「小冊子研究会とは」という十六ページのリーフレットを渡すことになっている。

このリーフレットには、代々受け継がれて来たフォーマットがあり、これまでは毎年内容を見直して変更点があれば訂正、最後の「今年の活動」のページのみ毎年話し合って作成、という形になっていた。

だが、今回は新二年生からの提案もあり、石井さんが表紙の装画を描き、本文にも彼女のイラストや写真を入れて、大幅に誌面刷新した。

サークル活動をしたい新入生のなかで、文章を書くことに興味がある人はたいてい文芸部に行ってしまう。ほかにも、ミステリ研究会、児童文学研究会、漫画研究会などなど、文芸部ほど大きくないが活発なサークルもある。

小冊子研究会というネーミングがよくないのでは、という説も前々から唱えられていた。まず、小冊子というのが腰が引けているというか、小冊子とはなんぞや、となってしまうのではないか、と。

わたしたちが扱うのは、ミニコミ誌、タウン誌、フリーペーパー、リトルプレス、ZINE《ジン》などと呼ばれるインディーズマガジン。有料・無料は問わず、出版元にも制限はない。広告ばかりのもの、同人誌のように作品発表のためだけのものは対象外。

そうしたものについて語りながらお茶を飲むだけのゆるいサークルだから、弱小なのは仕方がない。だが、大学祭のための冊子作りだけは本格的だし、創作じゃなくて冊子作りをしてみたい、という人にはもってこいのサークルのはず。

というわけで「年に一度は本気出す！　冊子作りサークル」というコピーを前面に出し、新二年生がリーフレットを編集し直した。要素が整理されてすっきりしたし、イラストや写真が増えて活動内容が伝わりやすくなった。

表紙は、ショーとサッシーというベタな名前のゆるキャラを中央に大きく配置。カメラをかまえるショーと、パソコンに向かうサッシー。まわりにちりばめられたさまざまな小冊子。冊子作りの雰囲気がよく出ている。

しかも目立つ！　石井さんの描くキャラクターは独特のかわいさがあり、素人とは思えない。画面構成のセンスもいい。去年の大学祭で販売した日本橋《にほんばし》特集の冊子が文芸部の部誌に引けを取らない売りあげだったのも、石井さんの画力のおかげである。

今回の新歓用のリーフレットもできがよく、先輩たちの評判も上々だった。

あと残されているのはポスター作りだった。大学内でポスターを貼れる場所はかぎられている。よって、各サークル、ポスターの枚数には制限がある。すべてＡ４なら二十四枚。Ｂ４だと十六枚。合計の面積で決まるが、一枚あたりのサイズは最大で模造紙半分。簡易印刷機かコピー機を使って作る団体が多いから、たいていはＡ４からＡ３のサイズになる。

今年はとにかく目立つようにしよう、という方針で、一枚は模造紙半分の最大サイズにして、構内でいちばん目立つ中央掲示板に貼る、と決まった。ここは人気が高いので、ポスター掲示日の朝イチに行って場所を取る。

残りはすべてＡ３サイズ。石井さんが一枚ずつ全部ちがうゆるキャラを描き、半分には松下さんの短歌、もう半分には乾くんの超短編ミステリを載せる。「小冊子研究会とはなんぞや」という疑問が浮かぶが、とにかく目立つことが肝要、ということになった。

というわけで、Ａ３サイズは新二年生がすべてパソコンで制作してプリントアウトしてくれることになっているのだが、問題は模造紙半分のポスターである。

下絵は石井さんが描く。例のショーとサッシーを中心に「来たれ、新入部員！」「年に一度は本気出す！　冊子作りサークル」というコピーを配置。大判ポスターを描くのははじめてのようだったが、ラフはすごくよくできていた。

しかし、そんな大きなものは家でもコンビニでもプリントできない。コピーセンターのプリントはけっこう高いし、それだと業者っぽくて味気ないんじゃないか、という声もあった。それで、しっかり絵の具で塗って手作り感を出す、と決まり、新二年生は小ポスター作りで忙しいから莉子とわたしが塗ることになったのだった。

部室に着くと、もうみんなそろっていた。石井さん、乾くん、松下さんはパソコンに向かって無言で作業している。

「あ、百花《ももか》。おはよう。絵の具、持ってきた？」

莉子が言った。

「持ってきたよ。みんな早いね」

「ううん、わたしもいま着いたとこ」

莉子が苦笑いした。

「すいません、わたしたちかなり切羽詰まってるんで、作業、先にはじめてます。先輩たちが描く大判ポスター、下絵を描いて荒船先輩にお渡ししてありますから」

石井さんがパソコンを見たまま言った。

「そうそう、これ」

莉子が机の上に広がった紙を指す。

「鉛筆だからちょっと見にくいんだけど、すごくかわいいよ」

目を凝らして線を見た。たしかにショーとサッシーの表情もかわいく、「来たれ、新入部員！」と「年に一度は本気出す！　冊子作りサークル」の書き文字もこなれている。

となりに小さなカラーの見本もあった。

「これと同じように塗ってけばいいんだよね」

莉子が石井さんに訊《き》いた。

「はい、でもだいたいでいいですよ。適当に変えてもらっても大丈夫です！」

石井さんが早口で答える。

「よし、じゃあ、はじめよう。まず大きいところから塗ってくか」

莉子は見本を見ながら絵の具を探しだした。

「はみ出すかもしれないから、薄い色から塗った方がいいんじゃなかったっけ」

高校の美術で習ったことを思い出しながら言う。

「なるほど！　さすが百花。じゃあ、わたしはこっちのピンクのところから行く」

「わかった。じゃあ、わたしはこっちの方から進めるね」

紙の反対側に立ってパレットを広げた。ぼかしたりする必要はなく、ひたすらベタ塗りしていけばいい。薄い水色の部分から塗ることにして、パレットで絵の具を混ぜて似た色を作る。

「あとでまったく同じ色を作るのは無理だから、色は多めに作っておいた方がいいよ」

「たしかに。ベタ塗りだから途中で色が変わると目立つしね」

莉子はそう言うと、ピンクの絵の具をパレットににゅううっと出した。

「まだちょっと濃いな」

白をにゅううっと足す。混ぜて見本と見くらべる。

「こんくらいかな」

「あんまり厳密じゃなくてもいいですよー」

石井さんの声が聞こえた。

「わかった。これだけあれば足りるかな？」

「うーん、どうだろう？　最初は見当もつかないね」

「じゃあ、小さめのところから塗ろう」

莉子はそう言って、思い切りよく塗りはじめた。

昼食も取らずにふたりで作業を続け、なんとか夕方までに全部塗り終えた。

「かわいくできたよね～。まあ、ほとんど下絵のおかげなんだけど、塗りも完璧《かんぺき》じゃない？」

　莉子が自画自賛する。

「ほんと、完璧ですよ、先輩！　自分の下絵ながら、これ絶対目立つと思います！」

　石井さんの自画自賛が続く。自宅で徹夜で作業したあとそのまま大学に来て作業を続けていたらしく、異様にテンションが高い。

「いや～、石井さん、ほんと天才！」

「ありがとうございますぅ！」

　莉子と石井さんがふたりで肩を組んでゆらゆら揺れる。

「小ポスターも全部プリント終わりましたし、あとはこれを明日《あした》学生課に持っていって、受付印を押してもらうだけですね」

　乾くんがクールな感じで言った。

「この小ポスターの乾くんの超短編ミステリも、松下さんの短歌もすっごくいいよぉ。うちのサークル、優秀すぎんか！」

　莉子も酔っ払ってるのか、というくらいの勢いである。

「そ、そうですか」

　乾くんはめずらしくちょっと照れたような表情になって、莉子から目をそらした。松下さんはくすくす笑っている。

「あとは大判ポスターの場所取りですね。小ポスターもいい場所確保しないと」

　石井さんの鼻息が荒い。

「うん。朝イチに正門前に集合だよ！　このポスターたちが学内にそろうところを想像すると、高鳴るわぁ〜」

「打倒、文芸部!!」

「行くぞぉ！」

「おー！」

莉子と石井さんが両手をあげる。打倒って……。大丈夫かな、このサークル。

受付印をもらうのは家が近い松下さんに頼み、その日は解散になった。

2

四月、入学式のあと、新入生オリエンテーション期間がはじまった。

勧誘活動の結果、めでたく五人の入部が決まった。

コミュニケーション学部の稲川《いながわ》昌輝《まさき》くんに、社会学部の中条《なかじよう》暁《あきら》さん。文学部の鈴原《すずはら》恵《めぐみ》さんと二宮《にのみや》かのんさん、根本《ねもと》蒼《あおい》くん。

稲川くんは細身で長身、やや猫背気味。Tシャツ＋パーカー＋ジーンズという素朴な感じで、小ポスターの超短編ミステリに惹《ひ》かれてやってきたらしい。乾くんとは本の趣味も合うらしく、ふたりでさっそく盛りあがっている。

中条さんは大きめのスウェットにミニスカート、スニーカー＋リュックのかっこいい系。雑誌編集に興味があり、文集ではなく写真入りの冊子が作れるところに惹かれたらしい。「ガイドのリーフレットの完成度が高くて、ここしかない、と思いました」と言っていた。

　鈴原さんはゆるふわ系。去年の大学祭で小冊子研究会に立ち寄り、西園《にしぞの》先輩の『地域猫通信』を買ったらしい。「あのゆるさがたまらなくよかった」と言う。西園先輩は四年だからあまり部に来ないかも、と言うと残念がっていたが、入部することになった。

　二宮さんはおかっぱでナチュラル系。イラストレーター志望で、石井さんのイラストに惹かれてやってきた。「自分の好きな世界を描くより、役に立つイラストを描くことを目指してるんです。だから漫画研究会というより、こちらの方が向いてるかな、と思って」と言っていた。

　そして、根本くんは全身モノトーンでかため、よく言えば神秘的だが、ちょっとあやしげな外見。松下さんの短歌に惹かれてやってきたらしく、一瞬大丈夫か、と思ったが、話してみれば意外と気さくではきはきしていた。

　というわけで、一気に五人の入部が確定。もちろん文芸部にはおよばないのだが、小冊子研究会としてはここ数年なかったことだったのだ。授業開始日の昼休み、部室に集まり、ジュースで祝杯をあげた。

「とにかくよかった。がんばった甲斐《かい》がありましたねえ」

　石井さんがうれしそうに言った。

「石井さんのイラストのおかげだよね。あの大判ポスター、人目を引いたもん」

松下さんが石井さんを見た。

「いやいやいやいや、松下さんの短歌や乾くんの超短編もよかったですよぉ」

「そうだよ。いや、ほんと、新二年、優秀！」

石井さんと莉子が口々に言う。

「いや、僕は……」

乾くんが口ごもる。

「なに言ってんですか。ちゃんとファンが来てたじゃないですか」

石井さんが笑った。

「あ、いや、それは……」

そう答えながらもなんだかうれしそうだ。

「松下さんのファンも、ちょっとあやうい感じではあったけど、話してみたら大丈夫そうだったしね」

莉子がうなずいた。

「ファン、ってわけじゃ……」

松下さんが困ったように笑った。

「それはともかく、今年は新歓遠足、どこにしようか」

莉子がみんなを見る。

「そうですねえ。去年は鎌倉《かまくら》だったから、今年は千葉とか……」

石井さんが考えながら天井を見あげる。

「それより、山の方がいいんじゃないですか？　奥多摩《おくたま》とか」

乾くんが言った。

「その方が雰囲気が変わっていいかもしれませんね。荒船先輩のお家のある秩父《ちちぶ》っていうのはどうですか？」

「いいね、それも楽しそう」

松下さんが言った。

「それもいいですね！　たしか、秩父のどこかにも、紙漉《かみす》き体験ができる施設がありましたよね？　今年の大学祭用の冊子の特集は紙っていう話でしたし……」

石井さんが言った。

「ああ、東《ひがし》秩父の和紙の里ね。たしかに紙漉きもできるし、紙漉き家屋もあるし、楽しいんだけど、車がないと行きにくいんだよね。まあ、バスはあるから、行けないことはないけど……」

莉子が言った。森沢《もりさわ》先輩は運転できるけど、就活まっただなかだから、お願いするわけにもいかない。莉子も免許は持ってるみたいだが、ペーパーだ。

「でも、紙関係にするのはいいかもね。冊子を充実させるためにも取材は多いほどいいし、みんないっしょに行けば体験も共有できるし……」

莉子がうーんとうなった。

冊子を作るときは、みんなの懐具合も時間の都合もあるので、担当ごとに取材に行くことが多くなる。たしかにその方が効率的に情報は集まるのだが、一度はみんないっしょに同じものを見る経験をした方がいいような気がした。

そのとき、ドアからノックの音がした。わたしがいちばん近いところにいたので、立ちあがり、ドアを開けた。

「すみません、小冊子研究会はこちらですか？」

外にリュックを背負った女子学生がひとりで立っていた。

「はい、そうですけど……なにか？」

「あの、わたし、新入生で、文学部の天野楓《あまのかえで》、って言います」

新入生！　ということはもしかして、入部希望者？

だけど、この子、どこかで見たことがあるような……。白シャツにニットのベスト、ボーイフレンドデニム。飾り気のないスタイルに、布製の大きなリュック。新歓のときにブースに来たのかな？

「ええと、じゃあ、とりあえずなかにはいって……」

わたしがそう言うと、天野さんは遠慮がちになかにはいってきた。

「すみません、新入生の天野楓と言います」

天野さんがもう一度みんなに聞こえるように言った。

「もしかして、入部希望ですか？」

石井さんが立ちあがった。

「あ、すみません、そういうことではなくて……。こちらに、吉野《よしの》百花さんという方はいらっしゃいますか？」

天野さんがみんなを見まわした。

「吉野百花はわたしですけど」

うしろから声をかけると、天野さんがふりかえった。

「そうだったんですね。実はわたし、川越《かわごえ》にある『三日月堂《みかづきどう》』っていう印刷所でアルバイトをしていて……」

「印刷所でバイト？　まだ大学生になったばかりなのに？」

莉子が目を丸くした。

三日月堂……。どこかで聞いたことがあるような……。それに、アルバイト？

「もしかして、三日月堂って、活版印刷の……？」

思い出して言った。

「あ、そうです！　ご存じだったんですか？」

「紙こもの市に出てましたよね？　東京のときも、名古屋《なごや》のときも」

「はい」

天野さんがにっこり笑う。その笑顔ではっきり思い出した。

三日月堂は活版印刷が専門の印刷所で、紙こもの市で見かけたのだ。万葉植物をモチーフにした素敵なカードを販売していた。そのとき彼女がブースにいた。すごく若くて、高校生みたいだな、と思って訊《き》いたら、ほんとに高校生だったので驚いた。

さらに驚くことに、万葉植物のカードの絵は全部その高校生が描いたというのだった。はぎ、つきくさ、あかね、あぢさゐ、やまぶき……。繊細な線画と活版印刷ならではの多色刷りがうつくしく、思わず購入した。

名古屋の紙こもの市に行ったときも三日月堂のブースが出ていた。やっぱり彼女がブースにいて、熱心に説明していた。

「わたし、天野さんのこと、覚えてますよ。東京の紙こもの市のときに少しお話ししたんです。万葉植物のカードの絵を描いたって聞いて、高校生なのにすごいなあ、と思いました」

「『庭のカード』のことですか？」

庭のカード。そうだ、たしかそういう名前だった。万葉集に出てくる花の絵を活版印刷で印刷したカードで、十数種類ならんでいた。どれも植物が精緻《せいち》に描かれ、多色刷りの色がうつくしかった。

「そうです。つきくさとかたかご」

「うわあ、ありがとうございます」

天野さんがにっこり微笑む。

「ああ、あのブースかあ。カード、きれいだったよね。わたしも買った」

莉子が言った。

名古屋の紙こもの市のときは、莉子も写真係として手伝いに来てくれたのだ。仕事の合間に会場内をまわり、イベント全体の様子もカメラにおさめていた。ふたりいっしょに場内をまわる時間は取れなかったが、莉子は莉子で買い物をしていたらしい。

「ありがとうございます。どのカードですか？」

天野さんが訊いた。

「はぎとやまぶき。使うのがもったいなくて、結局部屋に飾ってる」

莉子が笑った。

「名古屋のときは、天野さん、ほかのお客さまとお話ししてたんですよ。それで、年上のほっそりした女の人が多色刷りのことを説明してくださって」

「弓子《ゆみこ》さんですね。三日月堂の店主です」

「あの人が店主さんなんですか？」

「はい。もともとは弓子さんのお祖父《じい》さんが営んでいた店なんです」

ものしずかで澄んだ目をして、芯《しん》が強い、ってこういう人のことを言うのかな、と感じたのを思い出した。

「おふたりとも、名古屋には『紙屋ふじさき』のお仕事でいらしたんですよね？　ふじさきさんもブース出してらっしゃいましたもんね」

「そう。バイトしてるのは百花だけなんだけど、わたしもときどき写真撮影とかを手伝っていて……」

莉子が言った。

「そうだったんですね。すみません、部会の最中に押しかけてしまって。実は、一度吉野さんとお話をしてみたくて……」

「え？」

さっきまでの話では、紙こもの市で会ったときのことは覚えていないみたいだった。なのになぜわたしのことを知っているんだろう？

「紙屋ふじさきさん、『木本《きもと》印刷店』さんとお仕事してますよね」

「え、ええ。『物語ペーパー』っていう商品の印刷をお願いしていて……」

「はい。木本さんから聞きました。三日月堂もむかしから木本さんとおつきあいがあって、わからないことがあるときにはいろいろ教えてもらったりしているんです。活版関係のイベントの件で木本さんのところに行ったとき、『物語ペーパー』を見せていただきました」

物語ペーパーというのは、ブックカバーにも使えるくらいの大きさの和紙に小説の一節を活版で印刷し、蠟引《ろうび》きしたもの。文章は、わたしの父・吉野雪彦《ゆきひこ》が書いた『東京散歩』という小説から取っている。

父は作家で、わたしが子どものころに亡くなった。もうふつうの新刊書店では父の本は手にはいらない。だが、藤崎《ふじさき》さんをはじめ多くの人が父の本のことを覚えていてくれて、いろいろな縁で商品化されることになったのだ。

「蠟引きするとまた全然印象がちがって素敵だなあ、って。わたしにはない発想だったんで、すごく驚いたんです。そしたら木本さんが、この商品を企画したのは大学生なんだよ、って。しかもわたしが行く大学の先輩だってわかって……」

なるほど。そういうことだったのか。

木本印刷店は藤崎さんが製函《せいかん》業者の上野《うえの》さんから教えてもらった店だ。物語ペーパーは活版印刷で刷られている。一字一字活字を組み、大型の平台《ひらだい》と呼ばれる印刷機で刷る。

活版印刷は古い技術で、大きな印刷所には活字も印刷機ももうほとんど残っていない。最近は活版印刷がブームになっていて、使われなくなった機械を譲り受けて取り組む人が増えているようだが、使っているのはたいてい小型の機械で、物語ペーパーのような大判は刷れない。

木本印刷店は八丁堀《はっちょうぼり》にあり、昭和のころから活版印刷に携わっている木本さんという職人さんが営んでいる。平台を持っていて、活版ならではの良さを感じさせる印刷で定評のある店だった。

和紙への印刷にもくわしいということで、物語ペーパーの印刷はいつも木本さんのところにお願いしていた。

「木本さんが『吉野さんは冊子作りのサークルに所属してる』っておっしゃっていて、この大学の卒業生の知り合いがいたので、冊子を作るサークルのことを訊いたら、『小冊子研究会じゃないか』って言われたんです」

「卒業生の知り合い？」

「はい。川越で、三日月堂と提携して活版印刷のワークショップをしている古書店があるんです。『浮草《うきくさ》』っていう店で、そこの店長がこの大学の出身なんですよ。立花《たちばな》ゼミの卒業生です」

「え、立花ゼミの？」

　莉子が目を丸くする。

　うちの大学では三年から専門ゼミにはいり、そのゼミで卒業論文を書く。大学生活後半の山場でもあり、卒業後の進路にも関係してくるから、ゼミ選びは重要だ。

　立花先生の専門はメディア論。人気のゼミでめちゃくちゃ倍率が高いが、三年次に共同制作で冊子を作る課題があるというのもあって、小冊子研究会の部員も毎年何人か必ず立花ゼミに行く。

　卒業した坂本泉《さかもといずみ》先輩も、四年の森沢先輩も立花ゼミ。莉子も今年から立花ゼミにはいることになっていた。

「莉子先輩も立花ゼミにはいるんですよね？」

　部屋の奥から乾くんの声がした。

「立花ゼミ、おもしろそうですよね。わたしもちょっと考えてます」

石井さんが言った。

「僕も。あのゼミはマスコミに就職する人も多いし、やっぱり気になるよね」

乾くんもうなずく。

わたしも少し考えたが、結局、近現代文学の笹山《ささやま》ゼミを選んだ。笹山先生の専門は大正時代の児童文学。一年のときに受けた講義で、小川《おがわ》未《み》明《めい》に関する話を聞いて以来、絶対に笹山ゼミ、と決めていた。

「それで、オリエンテーションに来たとき、小冊子研究会のポスターを見かけて、チラシもいただいたんです。サークルにはいるつもりはなかったし、そのときは急いでいたから素通りしちゃったんですけど……」

そう言って、カバンからチラシを取り出した。

「天野さん、サークルにはいらないの？」

莉子が天野さんの顔をのぞきこむ。

「はい。興味がないわけじゃ、ないんですけど。わたし、将来は三日月堂で働こうと思ってるんです。だから、大学のない日はできるだけ三日月堂に行くようにしたいな、って思っていて。だから、サークルにははいらないつもりで……」

天野さんが答えた。なんとなくわかる気もした。庭のカードは三日月堂のブースの主力商品だった。あれだけのカードを作ったんだ。三日月堂での仕事に相当力を入れているんだろう。

　わたしもふじさき記念館でバイトするようになってから、仕事の楽しさがわかった。紙は奥が深いし、商品を企画するのも楽しい。わたしは先にサークルにはいっていてこっちも楽しいから続けているけど、先に記念館で働いていたら、サークル活動する時間はない、って思ったかもしれない。

「そうなのか、残念。実はさ、小冊子研究会では毎年大学祭用に冊子を作っているんだけど、今年の特集は『紙』にしようと思ってるんだ」

　莉子が言った。

「紙……ですか？」

　天野さんが莉子の顔を見た。

「百花が記念館の仕事で和紙にくわしくなってきたし、サークルで記念館の仕事を手伝ったりすることもあって。去年は紙こもの市にも行ったし、紙漉《かみす》き体験もしたしね」

「紙漉き……。楽しそうですね」

　天野さんが言った。

「いま話を聞いてて、活版印刷もおもしろそうな気がしたんだよね。天野さんが活版にくわしいなら、うちにはいってもらえたらうれしいなあ、って」

　莉子が天野さんにぐいぐい近づく。

「それ、いいですね！　活版印刷、興味ありますし、実際に勤めている人がいたら、百人力じゃないですか」

石井さんも身を乗り出した。

「紙特集、おもしろそうですね。でも……」

天野さんが言いよどむ。

「わたし、ほんとは進学しないで、高校卒業したらすぐに三日月堂で働きたい、って思ってたんです。でも、いろいろあって、まだまだ勉強しなくちゃならないことがあるな、って。それで進学を決めたんですけど、三日月堂の仕事を優先したいんです。授業以外はできるだけ三日月堂に行きたいから、サークルにははいらないつもりで……」

高校を卒業したらすぐに三日月堂で？　そこまで思っていたのか。すごい。

天野さんの横顔をじっと見た。名古屋の紙こもの市のときに多色刷りのことを熱心に教えてくれた弓子さんという人の目とどこか似ている。まっすぐで、強い。

「でも、三日月堂に来てくれたら、案内はできますよ。川越で、ちょっと遠いですけど。活版体験とかもできますし」

天野さんが言った。

「え、ほんと？」

莉子が言った。

「三日月堂、そんなに大きな工場じゃないですけど、活字も機械もそろってますし」

天野さんがスマホを取り出し、画面に写真を出した。

「こんな感じで……」

スクロールしていくと、印刷所内部の風景が次々にあらわれた。乾くんや石井さん、松下さんもみんな近寄ってきて写真を見ている。

「これは手《て》キンですよね？」

わたしは訊《き》いた。木本さんのところにあったものと形はちがうが、上に丸い円盤があって、横にレバーがついているところは同じだ。

「そうですね。これはうちにある手キンのなかでいちばん大きなもので、わたしもよく使います。浮草にあるのはもっと小型のものですね」

天野さんが答えた。

「へええ、かっこいい」

乾くんが画面をじっと見る。

「この円盤みたいなものはなんなんですか？」

松下さんが訊いた。

「ここにインキを出して練るんですよ。均一にのばして、それをローラーにつけて、そのローラーで版にインキをつけるんですけど……。口で説明してもわかりにくいですよねえ」

「うーん、たしかに。でも、すごくかっこいい。重厚っていうか……」

「燻《いぶ》し銀な感じですよね」

石井さんが深くうなずく。

「あとこっちが活字棚で……」

「うわあ、なにこれ、かっこいい」

石井さんが声をあげた。

「めちゃくちゃ渋いですね。ここに詰まってる小さいのが全部活字なんですか？」

乾くんも、へええ、と大きく息をつく。そうか、みんなははじめてなのか。わたしは木本さんのところで何度か見ているけれど、最初はすごく驚いた。

三日月堂は木本さんのところより広いし、活字棚も多いみたいだ。それに建物が古いのだろう、全体に味わいがある。木本さんのところは十年くらい前に改築しているので、建物自体はいま風なのだ。

「で、こちらが大判の印刷ができる平台です」

そう言って次に出した写真を見て、言葉を失った。

大きい。木本さんのところの平台も大きかったけれど、さらに大きいのだ。軽自動車くらいありそう。それに黒くて、古めかしくて、とにかくすごい。

「うわ、すっげえ。やばいよ、これ」

乾くんは興奮気味に言った。

「ほんと、かっこいい」

松下さんも息を呑《の》んでいる。

「すごく大きいですね。木本さんのところのより大きくないですか？」

わたしが訊くと、天野さんがうなずいた。

「大きいです。機械自体も大きいですし、木本さんのところの機械より大きな紙にも刷れますよ」

「そうなんですか……。これ、動くんですか？」

「がんがん動きます。うちではこれを使って本も刷ってるんです」

「本も？」

莉子が目を丸くした。

「すごい。ここ、行きたいですね……」

松下さんはじっと写真を見つめた。

「ええ、せっかくですから、ぜひ。ふつうの体験ワークショップは浮草の方でおこなってるんですけど、それだとかぎられたことしかできないんです。浮草には活字棚はないから、あらかじめ用意した文字から選んでもらうことになりますし、名刺とか栞《しおり》とかカードみたいに手キンで印刷できる大きさのものしか刷れませんし。でも、三日月堂でなら、もう少し凝ったことや、平台を使った大判の印刷もできますよ」

「そしたらいっそ、今年の新歓遠足、川越にしませんか。観光もできるみたいじゃないですか」

石井さんが言った。

「あ、それ、いいかも」

莉子が即答した。

「同じ埼玉だから、川越は何度か行ったことあるんだ。町並みがきれいだし、見るとこたくさんあるよ」

「わたしもテレビで見ました。行ってみたいです」

松下さんが言った。

「三日月堂にいらっしゃるんでしたら、あらかじめ日にちを教えてください。ほかに見学や体験がはいってることもありますし、仕事で立てこんでいる日もあるので。それに凝った印刷をするなら準備が必要です。印刷体験にはお金かかるんですけど、やりたいことを教えてもらったら、見積もり出します」

天野さんがはきはきと言う。

見積もりを出す。まだ大学一年なのに、そんなこともできるのか。きっと三日月堂でもすでにいろいろなことをまかされてるんだな。高校を出たらすぐに三日月堂で働きたいと思っていた、とまで言っていたし。

「あの、すみません、関係のない話なんですけど、天野さんっていつから三日月堂でバイトしてるんですか？」

気になって訊いた。

「わたしですか？　二年半……いえ、もう三年近いですね。高一の夏休みからなので」

「そうなんですか」

　ちょっと驚いた。わたしの記念館バイト歴より長い。

「三日月堂さんって、従業員は何人くらいいらっしゃるんですか？」

「従業員って言っていいのかわからないですけど、弓子さんとパートナーの悠生《ゆうき》さんのふたりで経営していて……。働いているのはわたしを入れて三人です。浮草にもふたりいますけど、それは経営としては別なので」

　天野さんが言った。

　三人。そんな小さな店なのか。しかも活版印刷専門。よくわからないが、大企業みたいな安定は望めない気がする。なのに、もうそこで働くことを決めている。若いのに……。いや、若いからこそおそれがないのか？　でも、さっきから話を聞いていると、わたしよりよほどしっかりしているように見える。

　わたしだって、記念館で働くのが楽しい。ずっとあの仕事ができたら、と思う。もっと紙のことを知りたいし、いろいろな商品作りにかかわってみたい。でも、記念館が存続できるかわからないし、存続できたとしても雇ってもらえるのか……。

「じゃあ、とにかく、新歓遠足は川越にしよう。三日月堂での体験を中心に据えて、観光も入れて……」

　莉子が天井を見あげる。

「その前に日程決めないといけませんね。新入部員の予定も訊《き》いてみます」

松下さんが言った。

「そうだね。じゃあ、天野さん、連絡先、教えてくれる?」

莉子がスマホを取り出した。

3

次の日は土曜日、バイトのため日本橋にある記念館に向かった。

紙屋ふじさき記念館。日本橋髙島屋《たかしまや》の裏手のビルの最上階にある小さな資料館だ。紙会社の藤崎産業が作った施設で、館の名前は藤崎産業の前身である「紙屋藤崎」に由来し、和紙や紙漉《かみす》きの道具など、和紙にまつわるあれこれが展示されている。

藤崎産業は問屋と小売りを兼ねた店舗から大きくなった会社だが、前社長夫人の藤崎薫子《かおるこ》さんは和紙を作る工場をいとなむ家の出身で、記念館に展示されている道具はもともとは薫子さんの家に残されていたもの、大量に収蔵されている各地の和紙は、和紙を愛する薫子さんが集めてきたものだった。

わたしが記念館の館長・藤崎一成《かずなり》さんと出会ったのは、器の店を営む叔母《おば》に連れられていった紙こもの市の会場。叔母は店で使う箱や包装紙をいつも藤崎さんの伝手《つて》で購入していて、紙こもの市に行ったのも半分は藤崎さんへのあいさつのためだった。

館長といっても、藤崎さんは若い。正確な年齢は知らないが、三十前だと思う。和紙にすごくわしく、各地の和紙を見分けることができる。そのうえ、紙職人、箱職人など優秀な職人さんたちにも顔がきき、企業やお店から包装用品の製作を依頼されれば、センス抜群で質の高い品物を作る。

と言うと完璧《かんぺき》超人のようだが、会社のなかでは変わり者で通っているみたいだ。社内では和紙部門はすでに過去のものとなっており、記念館自体、自社ビルの最上階に展示物を入れているだけ。内装にも宣伝にもお金はかかっていない。

前の館長のときには館内で和紙に関する教室を開いたりしていたらしいが、いまは社内でも忘れられかけている存在。前社長夫人である薫子さんが存命のうちは体裁だけ保っておこう、ということらしい。

つまり、記念館館長は閑職なのである。藤崎さんは経営者一族の一員。前社長の次男の息子である。藤崎産業にはいったものの営業ができず、仕事のない記念館館長をあてがわれた、というのがほんとうのところのようだ。

しかし、藤崎さん自身は自分の好きな和紙とともにいられるということで、記念館の仕事を嬉々《きき》として引き受け、客の来ない記念館の管理のかたわら、一部の和紙好きのお金持ちを相手に、和紙の特性を活《い》かした質の高い仕事だけをして、充実した日々を送っていた。

本社から見れば小さな取引ということなのだろうか、注目されることはないが、業績をあげろとせっつかれることもなく、要するになにをしても（しなくても）黙認というポジションである。

しかし、記念館がはいっている自社ビルが、周辺の再開発の波で売却されることになり、下の階にはいっていたテナントも少しずつ退去しはじめた。さらに藤崎さんのいとこで、いま本社の第一営業部にいる藤崎浩介《こうすけ》さんは、子ども時代からの確執で藤崎さんを目の敵にしており、それが高じて陰で記念館不要論を唱えているらしい。

いまのビルがなくなったとき記念館を存続できる保証はなく、このままではいけない、と思った薫子さんが、和紙のオリジナルグッズを作って紙こもの市で売ることを思いついたが、藤崎さん自身はまったくやる気がない。

わたしが作った和紙のカードが叔母経由で藤崎さんの手に渡り、なぜかそれを商品化することが決まり、薫子さんから記念館を盛りあげてくれ、と言われてバイトに雇われ……。そんな奇妙ないきさつではじめたアルバイトだったが、もうすぐ一年になろうとしている。

二年のときは大学が休みの期間はほぼ毎日、大学の授業がある期間は水曜日の午後と土日に記念館に来ていたが、三年にあがって少し授業が減ったので、金曜にもバイトを入れることになった。

はじめに顔を合わせたころの藤崎さんは無愛想で、正直泣きそうな日々が続いたが、美濃《みの》に行って紙漉きを学んだり、いろいろな商品を作ったりしているうちに、少しは信頼してもらえるようになった。

ちょっと怖いが、悪い人ではない。和紙に関する知識は尋常ではなく、仕事に対する姿勢も学ぶところが多い。仕事面では実に尊敬できる上司なのだ。もうちょっとだけ愛想よくしてくれ、とは思うけれど。

奥深い和紙の世界に触れ、真摯《しんし》に仕事に取り組む人たちの姿を見ることで、わたしもいつのまにか記念館をなくしてはいけない、和紙の魅力をもっと伝えたい、と思うようになっていた。

記念館に着き、ビルの入口の前に看板を出す。

この看板も、最初はやる気を失った藤崎さんが物置にしまいっぱなしにしていたんだっけ。テナントが抜けて殺風景なビルの上に展示施設があるなんてだれも思わない。そのせいで記念館は一日じゅうひとりもお客さんが来ない施設になり果てていた。

最初のうちは毎日朝いちばんに最上階から看板をおろし、閉館後最上階に戻すという作業をくりかえしていたが、途中から一階のテナントもいなくなり、そのまま廊下にしまうことにしたので、ずいぶん楽になった。

エレベーターで最上階までのぼり、記念館へ。館長室にはいると、藤崎さんはパソコンに向かい、むずかしい顔をしていた。

「おはようございます」

「ああ、吉野さん、おはよう」

藤崎さんは一瞬顔をあげたが、またパソコンに視線を戻す。今日も忙しそうだ。自分の机にカバンと荷物を置くと、いつものように館内の掃除。受付横の販売コーナーの品物を確認する。

三月は桜関連の紙小物を多く取り扱っていたが、そろそろ模様替えしなければならない。発注していた藤やカキツバタの柄の商品が届いていたので、まずカードの棚をならべかえた。ピンク色から紫や緑に色合いが変わり、雰囲気もずいぶん変わった。

新緑の色のものももう少しほしいなあ。端午の節句関連の商品も入れたい。折り紙で鯉のぼりやかぶとを作って飾るのもいいかも……。そんなことを考えているうちに開館時間がきて、入口のドアを開けた。

春休み期間は終わったけれど、土曜日なのでそこそこお客さまがやってきて、販売コーナーの商品を手に取る人も多かった。とくに藤やカキツバタのカードがよく売れて、入れ替えておいてよかった、と思った。

閉館時間になり、受付を片づけて館長室に戻る。退勤時間まで五月のディスプレイの計画を立てよう。折り紙もどこかにあるかもしれない。

「すみません」

朝と同じようにパソコンをにらんでいる藤崎さんに声をかける。

「なんですか？」

藤崎さんがパソコンを見つめたまま答える。

「折り紙ってどこかにありますか？」

「折り紙？　あるよ。でも、どうして？」

藤崎さんがこちらを見る。

「桜の季節も終わりましたし、そろそろ端午の節句っぽいディスプレイにしたいと思いまして。今日も、藤やカキツバタのカードがよく売れたんです。新学期にはいりましたし、お客さんの気分も変わったんじゃないでしょうか」

「ああ、なるほど。もうそういう季節だな」

藤崎さんがうなずく。

「それで、鯉のぼりとかぶとを折り紙で作って飾ろうかと」

「たしかに、子どもの日にも合うね。鯉のぼり、かぶと……菖蒲《しょうぶ》もできるか」

「ああ、あのチューリップを逆さにしたみたいな……？」

ちょっと形がちがうが、むかし花びらが三枚の平たい折り紙を作ったことがあるような気がした。

「それは平べったいやつだろう？　そうじゃなくて、菖蒲は立体的な折り方もあるんだよ。ええと、折り紙は……」

藤崎さんはうしろを向き、壁際に置かれた棚の引き出しをあける。

「あった、これだ」

そう言って、折り紙の束を取り出した。色がすごくきれいで、種類も多い。ふつうの店で売られているような折り紙じゃないことは一目でわかった。

「知り合いの和紙の店が作っている折り紙なんだ」

藤崎さんは一枚取り出し、机の上で折りはじめ、あっというまにきれいな花を作った。たしかに菖蒲の形だ。

「すごい。上手ですねえ」

折り目もうつくしく、形もきれいに整っている。

「折り紙もいいけど、切り紙もいいかもしれないねえ。菖蒲の紋切り」

「紋切り、ですか？」

「ああ、いまでは『紋切り型の表現』みたいなときしか使わないけど、もともとは切り紙遊びで『紋切り』っていうものがあったんだよ。紙をいくつかに折って、切って開くと形ができてる、みたいな」

藤崎さんは机の引き出しからハサミを取り出し、手元の折り紙を一枚ふたつ折りにして、なにも見ないですいすい曲線に切る。広げると見事な菖蒲の形があらわれた。

「おおっ、すごいですね！　ほんとに菖蒲の形です」

藤崎さんは次々に紙を折り、ツバメ、カタバミ、なでしこ、笹、とさまざまな文様を切り出した。まるで魔法だ。さすが紙屋の御曹司。どんどん新技を繰り出してくる。

藤崎さんのお父さまは藤崎産業前社長の次男。お母さまはオペラなどクラシックの世界で活躍する歌手だそうで、その関係で藤崎さんは幼少期から前社長の家に預けられることが多かったらしい。

そこで薫子さんの英才教育を受け、立派な紙オタクに成長した。和紙にくわしいだけでなく、この前の水引のワークショップでも華麗な水引結びのテクニックを披露し、驚喜した莉子によって撮られた動画はネット界で海外にまで拡散されていた。

「これ、藤崎さんが考えたんですか？」

驚いて訊《き》いた。

「まさか、ちがうよ。むかしからこういう型がいくつもあるんだよ。家紋として使われていたものもたくさんあって、江戸時代には紋切りの教本もあったんだ。子どものころ、祖母とよく作ってね。ほら、これも……」

ふたつに折って切った紙を開くと、見覚えのある形があらわれた。

「あ、これは藤崎の……」

記念館のＳＮＳのアイコンでも使われている、紙屋ふじさきの屋号紋。本来は上に「藤」「さき」という文字がはいり、丸で囲まれているのだが、下にはいっている紋様だけの形だった。

「そう、この部分はもともと藤崎の家紋なんだ。藤を使った紋はいろいろあるんだけど、藤崎の初代がほかと同じじゃおもしろくないから、って藤に蜜《みつ》を吸いに来ている蝶《ちょう》を図案化してあたらしく作ったらしい。上の三つ山が藤の花で、下の四枚の花びらみたいなのが蝶の羽」

「蝶……」

　なるほど。言われてみればそんなふうに見える。

「たぶんうちしか使ってない形なんじゃないかな。紋切りの教本には載ってない。これだけは祖父から教わったんだ。祖父も子どものころに教わったみたいで」

　藤崎さんが切り出した文様をじっと見た。

「なんで藤と蝶なんですか？」

「それはわからないんだよ。ずいぶん前に作られたものだし、僕も祖父に訊いたけどわからなかった。でも、藤と蝶を組み合わせた紋はほかにもあるみたいで、それほどめずらしいものじゃないらしい」

「家紋ってそんなふうに自由に作っていいものだったんですか？」

「いまは格式張ったイメージがあるよね。たしかに、むかしは貴族や武士が使うものだったし、徳川《とくがわ》家の三ツ葵《あおい》とか、ほかの人が使えない紋もいろいろあるけど、江戸時代には庶民も紋を使うようになったから、自由な発想でいろいろ作っていたみたいだよ。いまでいうとロゴマークとかアイコンみたいなものかな」

　そう言われてちょっとわかった気がした。

「でも、こうやって切り出して見ると、単純なのにきれいな形ですね」

「単純だからこそのうつくしさっていうのもあるよね」

「折り紙もいいですけど、切り紙を飾るのもいいような気がしました」

「壁に貼るなら切り紙の方が貼りやすいかな。色違いで菖蒲を作ってならべてもきれいかもしれない」

「そうですね」

藤崎さんの切った菖蒲を元の二つ折りに戻して、切り口を見る。こう切ればいいのか。これなら真似できそうだ。

「紙は好きなだけ使っていいよ」

藤崎さんが折り紙の束を差し出した。色がきれいなだけでなく、手触りもいい。

「わかりました。いくつか作ってみます。それと、端午の節句関係の商品を少し増やしたいんですが。子どもの日にポチ袋を使う方も多いと思いますし」

「そしたら、良さそうなものをいくつかリストアップしてくれるかな」

「わかりました」

去年の秋に設置した販売コーナーも好評で、記念館オリジナルグッズの売り上げも少しずつのびてきている。

「そういえば吉野さん、もう大学の授業もはじまったんだよね」

「はい」

折り紙を片づけ終わったとき、藤崎さんが訊いてきた。

「もう三年生か」

「そうなんです。今年から専門ゼミもはじまりますし」

来週はさっそくはじめてのゼミがある。どんな人がいるのか、ちょっと緊張していた。

「サークルは？　小冊子研究会にはあたらしい部員、はいったの？」

「はい、今年はけっこうたくさんはいったんですよ。五人も。あとひとり、もしかしたらはいってくれるかもしれない、って子がいて……」

天野さんと天野さんがバイトしている活版印刷の店のことを思い出した。

「そのもうひとりの子っていうのが、高校生のころから活版印刷のお店でバイトしている人で、わたしも紙こもの市で会ったことがあったんです」

「活版印刷？　それはめずらしいな。高校生がバイトしているなんて……」

「そうなんです。しかもただのバイトじゃないんですよ。紙こもの市で見たとき、そのお店のブースの商品の中心が『庭のカード』っていう万葉植物をモチーフにした植物の多色刷りのカードで、その下絵は彼女が全部描いてるんです。高一のときから働いていて、大学出たらそこで働きたいと思ってるみたいで」

「それはすごいな。なんていうお店？」

「三日月堂です。川越にあるそうで」

「三日月堂……？」

藤崎さんが首をひねった。

「店主は若い女性なんですけど、もともとその人のお祖父《じい》さんのお店だったそうで、機械も活字もたくさんあるらしいんです。大判を刷れる平台もあるとか。写真を見せてもらったんですけど、木本さんのところにある機械より大きくて」

あの黒く巨大な機械が強く印象に残っていた。

「ああ、そうか、聞き覚えがあると思ったら、木本さんから聞いたんだ」

「木本さんから？　そうなんですね、彼女、天野さんっていうんですけど、天野さんも三日月堂は木本さんのところと付き合いがあるって言ってました」

「そうみたいだね。実は、綿貫《わたぬき》さんや小久保《こくぼ》さんのおかげで、ほかの区からもうちの区の物語ペーパーが欲しい、という注文が相次いでいて……」

綿貫さんというのは、藤崎さんの大学時代の先輩で、去年日本橋で「文字箱」という個人書店をはじめた。文字箱では本のほかに本にまつわる文具も取り扱っていて、記念館のオリジナルグッズも置いてもらっている。

物語ペーパーはそもそも記念館と文字箱のコラボ商品という位置づけだった。綿貫さんも父の本のファンだとわかったところから、ペーパーに『東京散歩』を使うことが決まったのだ。日本橋高島屋の屋上での一節だ。

だが、『東京散歩』には二十三の章があり、それぞれ父が生きていたころの東京の二十三の区の姿が描かれている。綿貫さんが別の区にある個人書店に声をかけたことがきっかけとなり、千代田《ちよだ》区、杉並《すぎなみ》区、台東《たいとう》区、江東《こうとう》区の物語ペーパーが誕生し、さらにほかの区にも広がりつつあった。

「それで、もうこれ以上は木本印刷店だけじゃ印刷しきれない、ってなってね。木本さんが言うには、物語ペーパーのサイズの紙に印刷できる機械を持っている印刷所はもうほとんどなくて、自分が紹介できるところとなると、川越の三日月堂さんくらいだ、って」

「そうだったんですか」

「木本さんは、三日月堂さんなら腕もたしかだし、和紙の印刷も勉強しているから、まかせても安心だろう、と言ってた」

「実は今度、小冊子研究会で川越に行くことになったんです。天野さん、三日月堂のお仕事を優先したいからサークルにはいるつもりはないみたいなんですが、川越に来るなら三日月堂を案内してくれる、って。活版体験もできる、っていう話で……」

「そうなのか。それはなにかの縁かもしれない。木本さんにも訊《き》いてみるが、もしできたら、物語ペーパーの印刷をお願いできるか、打診してもらえないか？」

「天野さんも物語ペーパーを見た、って言ってましたし、三日月堂さんも物語ペーパーのことは知っているはずですが……。そんな大切なことをわたしが訊いちゃっていいんでしょうか」

ちょっと不安になる。

「吉野さんが川越に行く前に綿貫さんとも相談しておくし、正式な注文は僕から出す。吉野さんは、三日月堂さんの反応がどうか、感触を見てきてくれればいいんだ」

藤崎さんはまたしてもむずかしいことを言う。感触って言われても。一介の大学生にそんな複雑なことがわかるんだろうか。

でも……。天野さんの様子を思い出すと、信頼できる店のような気はする。紙こもの市のときの対応もしっかりしてたし。

——印刷体験にはお金かかるんですけど、やりたいことを教えてもらったら、見積もり出します。

はきはきした天野さんの声を思い出した。わたしだってできる。

「わかりました」

ぐっと拳《こぶし》を固めながらそう答えた。

「そういえば、吉野さんは川越、行ったことあるの？」

「え、ないです。今回はじめてです。テレビで何度か見たことはありますけど」

「じゃあ、きっと楽しいよ。小江戸《こえど》って言われているくらいだからね。僕も一度行ったけど、町並みが見事なんだ」

「そうみたいですね」

「川越の建物は日本橋を手本にして造ったらしくてね。蔵造りに使われている江戸黒《えどぐろ》と言われる黒漆喰《くろしっくい》は、もともとは日本橋に多くあったものなんだ。江戸っ子にとって黒は粋《いき》な色だったんだよね」

藤崎さんはそう言って、棚から分厚い本を出してきて、机の上に置いた。

「これは？」

「紙屋藤崎の歴史をまとめた本だよ。これが明治のはじめのころのこのあたりの絵だ」

見ると、黒々と重厚な木造の建物がならんでいる。

「むかしはこんなふうだったんですね」

「そうだよ。西洋に近づくために町並みを変えていったんだ。地震で倒れたり、戦争で焼けたりしたこともあって、日本橋にはもうこういう建物は残っていない。でも川越には、むかしの江戸の姿が残っているんだよ」

あまり鮮明ではないが、何枚か白黒の写真も載っていた。そこにも黒い木造の建物が写っている。時代劇みたいだ、と思いながら、日本橋はむかしこういう姿だったのか、となんだか不思議な気持ちになった。

記念館を出てからすぐに地下鉄には乗らず、橋の方に向かって歩いた。藤崎さんに見せてもらったむかしの街の姿が頭に浮かぶ。ここにあんなふうに黒い蔵造りのお店がならんでいた。紙屋藤崎はそのころからここに店をかまえていた。

最初は和紙を扱う店だった。明治にはいって洋紙を扱うようになり、戦後は藤崎産業という大きな会社になって、いまは印刷用紙のほか、ティッシュペーパーなどの生活紙、段ボール箱や梱包《こんぽう》資材、医療やエレクトロニクス、産業資材用の不織布などの部門もある。

母が編集者だから、出版社や印刷所の存在も知っていた。紙を作っているところがあることもなんとなくわかっていた。だが紙を販売する会社があることまではわかっていなかった。

どんな本も紙がなければ印刷できない。本を作るためには紙の手配が必要で、それを請け負っているのが藤崎産業のような紙商なのだ。

いまの藤崎産業の経営を支えているのは洋紙や不織布。記念館の収蔵品もオリジナルグッズも素敵だけど、それだけで生き残ることはできない。

暗くなってきた空を見あげ、ふう、とため息をつく。

天野さんはきっぱりした口調で、大学を卒業したあと三日月堂で働きたい、と言った。わたしだって記念館で働き続けたい。いまの仕事を続けたい。薫子さんはわたしに期待していると言ってくれた。でも、いまわたしがしていることを仕事と呼べるのかわからない。楽しいけれど、会社を支えているとは言えない。

わたしが就職活動をするころには、あのビルは処分されて記念館もなくなっているかもしれない。そうしたら、わたしの居場所はない。いや、いまだって、藤崎産業のなかにわたしの居場所なんてないんだ。薫子さんの口添えで置いてもらっているだけ。

記念館がなくなっても、わたしは藤崎産業の入社試験を受けるだろうか。こんなにお世話になったのだ。藤崎産業の役に立つ仕事をすべきなんじゃないか。試験に受かったら、の話だけれど。

和紙にこだわるなら、藤崎以外で和紙関係の仕事を探すべきなんだろうか。

橋の上から川面《かわも》を見おろしながら、わたしはいったいなにをしたいんだろう、とつぶやいた。

4

小冊子研究会の遠足は連休はじめの日曜日と決まった。

四年の森沢先輩も就活の合間に参加してくれることになり、メンバーは三年の莉子とわたし、二年の石井さん、乾くん、松下さん、一年の稲川くん、中条さん、鈴原さん、二宮さんで、合計十人。根本くんだけは連休がはじまったらすぐに帰省しなければならないらしく、不参加である。

みんなから行きたい場所の希望を取って、何度か川越に行ったことのある莉子が全体のスケジュールを組むことが決まり、今回の遠足のハイライトである三日月堂の見学&活版体験でなにを作るか、という話になった。

三日月堂のサイトにあった体験の基本プランは名刺・カード・栞《しおり》から一種類を選び、活字組版＋五枚印刷。

「五枚かあ」

石井さんがぼやいた。

「どうせもったいなくて使えないと思うんですよねえ。それだったら、大学祭で使えるものの方が良くないですか？」

「つまり、ノベルティってこと？」

莉子が石井さんに訊《き》いた。

「まあ、そういうことですかねえ」

「そしたら、例年通り、栞？」

わたしはそう言ってみんなを見た。

「でもノベルティにするんだったら枚数が必要だよ。ひとり五枚だと、十人分合わせても五十枚にしかならない」

莉子が言った。

「ここに『オプションで枚数増やせる』って書いてあるよ」

サイトを指しながら言った。追加料金（枚数により応相談）を払えば、印刷する枚数は変更できるらしい。

「なるほど。でもさ、高いんじゃない？　いつもノベルティの栞ってタダ同然で作ってるから……」

莉子がうーん、とうなる。

去年好評だった蠟引《ろうび》きの栞も、材料は乾くんの親戚《しんせき》の家から出てきた古い時刻表。捨てるはずのものをもらってきたのでタダだったし、蠟引きのろうそくも松下さんの家に眠っていたキャンドルを使って自分たちでおこなった。労力はかかったが、お金はほとんどかかっていない。

「一定金額以上お買いあげの方限定にするとか……？」

松下さんが言った。

「っていっても、そんなに商品の種類ないじゃないですか。在庫のある冊子を全種類買ってもたいした額になりませんよ」

乾くんが指摘すると、莉子も、そうだよねえ、とうなずいた。

「だったらいっそ販売するっていうのはどうですか」

石井さんが身を乗り出す。

「販売？　作ったグッズを？」

「そうです。天野さんから三日月堂の話を聞いたあと、ネットで活版印刷のことといろいろ調べたんですよ。そしたら、すごくかわいいグッズがざくざく出てきて……。これは売れるな、って」

「さすが石井さん、商魂たくましいね」

乾くんが言った。

「たしかに……。わたしも紙こもの市で活版の商品をいろいろ見たけど、すごく魅力的だった。三日月堂さんには、天野さんが作った『庭のカード』っていう素敵な商品があるんだよね。万葉集に出てくる植物のイラストと、その植物の古名が活版で多色刷りされてるんだけど……」

「あ、それもネットで見ました。もう、超絶最高ですね。天野さん、高校生でこれを作ってたなんて逸材すぎますよ。小冊子研究会にきてほしい……。そう、これこれ」

石井さんは話しながらスマホを検索し、庭のカードの画像を出した。

「うわあ、きれい〜」

画面を見た松下さんが声をあげた。

「種類もいろいろあるんだよ。はぎにつきくさ、あかね、あぢさゐ……」

「いいですねえ、好きな世界です……」

松下さんがため息をつく。

「けど、これってプロが工房で印刷したものでしょ？　わたしたちが体験で作ったものでこんなクオリティになるのかな？」

莉子が言った。

「まあ、そこはちょっと問題ですよね。クオリティの方は天野さんに相談してみないとわからないですけど、販売物は体験とは別に三日月堂さんで刷ってもらう、っていうのもありかと。ここに『大量に必要な場合は、体験ではなく別途料金で工房で印刷を承ります』って書いてありますし」

石井さんがサイトの一文を指す。

「なるほど」

莉子が腕組みした。

「でも、カード一枚でこの値段……買う人いますかね。紙こもの市みたいなイベントならいいですよ、あそこは紙好きが集まってるから。でも大学祭ですよ？　活版印刷知らない人も多いだろうし」

乾くんが石井さんを見た。

「じゃあ、展示連動にするのはどうですか？　三日月堂さんの見学&体験のルポ、冊子に載せるじゃないですか。それと同時にそのときの写真や自分たちで作った栞を教室に展示して、栞の販売もする」

「たしかにそうすればわかりやすいし、価値があるものなんだってことも伝わるよね」

莉子がうなずく。

「展示連動いいと思う」

わたしも言った。

「冊子に紙漉《かみす》きとかの記事も載せるでしょ？　ルポを全部冊子に載せて、教室にも展示して、さらに漉いた紙で栞を作る、とか。記事を読むだけじゃなくて、実物が売られていればどういうものかよくわかるし」

「そうですね。展示見た人がもっとくわしく知りたいと思って冊子を買ってくれるかもしれないし、栞を見て冊子を買う人もいるかもしれない」

松下さんもうなずいた。

「つまり、今年の大学祭は、冊子販売だけじゃなくて展示もするってことですか？　けっこう大変そうですね……。あ、別に、いやってわけじゃなくて、ゆるい部活どこに行った、っていうだけなんですけど」

　乾くんが苦笑した。

「たしかにねえ。冊子とノベルティ作るだけで大変だったのに、さらに展示……。まあ、でも一年もたくさんはいったし、いけるんじゃない？　うん、大丈夫。いけるって」

　莉子は自分に言い聞かせるように言った。

「一年には『ゆるい部活』って言わないようにする。そうしてきりきり働いてもらいましょう」

　石井さんがふんっと鼻を鳴らす。

「さいわい、やる気ありそうなメンバーでしたしね」

　松下さんが笑った。

「つまり、まとめるとこういうことですよね。今年の大学祭に向けて、いくつか紙関係の取材をする。そのルポを冊子に載せて、教室に写真を展示。取材でおこなった体験の成果物を展示、販売する」

　乾くんがパソコンにメモを取った。

「で、結局なにを印刷する？」

　わたしは訊いた。サイトを見ると、体験の注意事項のなかに「印刷したい内容がある場合は事前にご連絡ください」と書かれている。その場で決める、というわけにはいかないらしい。

「名刺だったら名前、カードだったらちょっとしたあいさつ文とかなんだろうけど、栞《しおり》だもんね。どうしようか」

莉子が言った。

「活字を組むんでしょう? だったらある程度長さがあった方がいいですよね。文学作品の一節、とかじゃないですか?」

乾くんが即答する。

「和歌とか? 百人一首から選んでもいいんじゃないですか?」

松下さんが言った。

「だったら松下さんの短歌がいいですよ。百人一首ってなんか古い感じするし」

石井さんが言うと、松下さんが、えぇーっと声をあげ、悲しそうな顔になった。

「なんで? 百人一首、いいんだよぉ。恋の歌もあるし、たしかにずっとむかしに書かれたものだけど、心はいまの人にも通じるっていうか……」

「そういうのは、松下さんみたいな雅《みやび》で高尚な感性の持ち主だけ。たいていの人は受験勉強を思い出すだけなんだって」

石井さんがふんっと鼻を鳴らした。

「そうなの?」

「そうだよ。それより、同世代の感性で書かれた松下さんの短歌の方が、全然わたしたちの心に刺さる、っていうか」

「たしかにね。小ポスターでも人気あったし」

乾くんが言った。

「だれこれ、ってならないかな？」

「まあ、それはなるかもしれないけど」

「ええ～っ、やっぱりやだよぉ。わたしだけっていうのはちょっと……。ポスターでは乾くんの超短編ミステリだって人気あったじゃない」

「でも、さすがに栞にはおさまらないんじゃない？」

莉子が笑った。

「活字の数が増えると組むのがむずかしいって聞いたよ」

木本さんに聞いたことを思い出して言った。

「じゃあ、決まり。松下さんの短歌にしよう。とりあえず二種類でいいかな。まず松下さんの方で候補を出してもらって、みんなで決める、と」

莉子が言うと、松下さんはあきらめたように、わかりました、と答えた。

翌日、松下さんから短歌の候補五首が送られてきた。いろいろなテーマのものがまざっていたが、去年の大学祭の風景を詠んだものと、和紙を詠んだものがあったので、テーマ的にその二首がふさわしいだろう、ということになった。

作るものは栞、印刷する文字は部員の作った短歌、完成したものを大学祭で販売したい、という文面を作って天野さんにメールすると、その日のうちに返事がきた。そういうことなら試し刷りを入念におこなって、販売できる品質のものを作るようにしましょう、と書かれていた。

さらに、枚数はとりあえずひとり五枚ずつ、大学祭での販売に必要な枚数が決まってから、足りない分はあとで工房で刷って送る、という提案も書かれていて、こちらの意図をしっかり呑《の》みこんで対応してくれているのがわかった。文面も簡潔で、ほんとうに大学一年とは思えないくらいしっかりしている。

松下さんの短歌も送り、何度かやり取りして、紙の種類や文字の大きさを決めた。見学と体験合わせて二時間くらいかかります、という話だった。

莉子と相談し、当日のスケジュールも決めた。

池袋《いけぶくろ》九時発の快速急行に乗り、九時半ごろ川越駅に到着。観光の中心である旧市街地まで歩き、氷川《ひかわ》神社、川越城本丸御殿、三芳野《みよしの》神社などの観光スポットを見る。そのあと昼まで一番街《いちばんがい》と菓子屋横丁《かしやよこちょう》を街歩き。土産物などを買う。

昼食を取ったあとは、三日月堂の近くにある松本醤油《まつもとしょうゆ》商店の醤油蔵を見学。江戸時代に建てられた醤油蔵で、むかしながらの木の桶《おけ》で醤油を作っているらしい。これは莉子が二時の回を申しこんでくれた。

三時から三日月堂の見学&体験。終了はだいたい五時。このころになると旧市街のお店はけっこう閉まってしまうので、散策しながら駅の方に移動。駅の近くの店で夕食を取って東京へ、という計画になった。

遠足の日がやって来た。

八時四十五分に池袋駅の東武東上《とうじょう》線改札口前に集合。九時ちょうど発の快速急行に乗りたいので、念のため待ち合わせ時刻を十五分前にした。

わたしが着いたときには森沢先輩に、莉子、乾くんに松下さん、それに一年の中条さん、鈴原さんが集まっていた。わたしのすぐあと、稲川くん、二宮さんが到着。一年生は遅刻なし。優秀である。

五分遅れて石井さんが到着。

「すいません～。ちょっと昨日、夜更かししちゃって……」

走ってきたようで、息を切らしている。

「一年が遅刻なしなのに、二年が遅れてどうすんだよ」

森沢先輩が呆《あき》れたように笑った。やっぱり森沢先輩がいると安心感がちがう。莉子も二年も優秀で、新歓もこの遠足の計画も滞りなく進んでいるけれど、最高学年として責任を持つというのはけっこうプレッシャーなんだな、と気づいた。

今回の遠足だって、具体的な企画はわたしたちがおこなって、森沢先輩はただついて来るだけ。そうわかっていても、なにかあったとき頼れる気がして、なんとなく心強い。もっともそんな甘えたことを考えているのはわたしくらいで、とくに莉子や石井さんはなにも心配していない雰囲気ではあるけれど。

「ま、とりあえず電車には間に合うし。じゃ、行こうか」

莉子が先頭に立って改札を抜け、ホームにあがった。

九時半ごろ川越に到着。駅を出て、莉子の案内にしたがってクレアモールという商店街を進む。

歩きながら、一年の稲川くんは乾くんと話しこんでいる。乾くんが小柄なせいで、長身で猫背気味の稲川くんはますます猫背になっている。

乾くんは高い声で早口に喋《しゃべ》る。稲川くんはぼそぼそくぐもった声なので、少し離れたところからだと乾くんの声しか聞こえず、ミステリのことを話しているらしい、くらいしかわからない。でもふたりとも楽しそうだ。

中条さんはアウトドア系の服にリュック、一眼レフのカメラを首からさげている。ゆるふわ系女子の鈴原さんとともに、莉子に大学の授業のことをあれこれ訊《き》いている。イラストレーター志望の二宮さんは石井さんとイラスト投稿サイトの話で盛りあがっていた。

わたしは森沢先輩とならんで歩き、就活の話を聞いた。先輩は立花ゼミだし、てっきりマスコミ志望だと思いこんでいたが、第一志望はアウトドア用品メーカーらしい。

「アウトドア用品メーカーですか？」

「うん。キャンプ用品とか自転車用品の製造販売をしてる会社」

そういえば森沢先輩は自転車旅行が趣味だったな、と思い出した。大学への通学も自転車だし、東北一周とか、四国一周旅行もしたことがあると言っていた。ひとり用の小さなテントをかついで、野宿しながら旅をする。

ヘルメットに小型のデジタルカメラを取りつけてその模様を撮影し、動画サイトにアップしたり、ブログを書いたりもしている。なかなか人気があるようで、アクセス数も稼いでいる、という噂だった。

「製造販売っていっても、単にものを作って売るだけじゃないんだ。ライフスタイルを提唱するっていうのかな。そこの製品は前から気に入ってよく使ってたんだけど、だんだんこの店はものを作ってるだけじゃなくて、人々にアウトドアというあり方を伝えたいんだな、って感じるようになった」

「アウトドアというあり方……？」

どういう意味だろう、と思って訊いた。

「単に楽しむだけじゃなくて、自然を敬うっていうか。会社として環境問題にも取り組んでるし。三年の秋からその会社の店舗スタッフとしてバイトするようになってさ。ますますこの会社で働きたい、って思うようになったんだ」

「そうだったんですね。それで、試験の方はどんな感じなんですか？」

「いちおう二次選考までは通った。書類選考と、適性検査と、グループディスカッション。このあと五月の半ばに面接、七月に最終面接。五月の面接では企画のプレゼンもはいっているから、連休中にそれをまとめないといけないんだ」

「え、遠足来ちゃって大丈夫なんですか？」

「うん。ずっと前からなんとなく考えてたアイディアがあったから。概略はまとまってるんだ。あとはそれをどう見せるかだけ。それにちょっと息抜きもしたかったし」

息抜きかあ。余裕があるってことなのかな、と思う。

「ほかの会社は受けないんですか？」

「同業他社にもいちおうエントリーを出したけど、みんな落ちた」

森沢先輩は笑った。

「じゃあ、いまは一社だけ？」

「そう。だけど、まずはここに賭《か》けよう、って思ってるんだ。一本にしぼって、落ちたら別の会社を探す。それにいざとなったらいまの店でバイトを続けて、中途採用の機会を待ったっていいかな、と思って」

「ちゃんと決まらないと不安じゃないですか？」

「まあ不安は不安だけど。でも僕にとって大事なのは、どこかに決まることじゃなくて、その会社で働く、ってことだから。妥協して納得のいかない会社にはいるのは嫌だし」

大事なのは、どこかに決まることじゃなくて、その会社で働く、ってこと。

たしかにその通りだ。入社したらずっとその会社で働くんだ。大学の四年間よりずっと長く。早く決めることより、納得できるところにはいることの方がずっと大事だ。

「でもさ、吉野さんも同じだよね。記念館でバイトして、和紙の仕事をしたいって思うようになったんでしょ？　就活はどうするの？　そのまま藤崎産業を受けるのかな」

「それが……」

ちょっと口ごもる。

「あの記念館は近いうちになくなってしまうんです。記念館のはいっているビルはもう処分することが決まっているみたいで。そのときには館長がやってる和紙の部門もなくなるか、どこかの部署に吸収されるか……」

そこまで言って、はっとした。きちんと考えたことがなかったが、もしどこかに吸収されるとすれば、浩介さんのいる第一営業部なんじゃないか？　藤崎さんの仕事は大きくいえばパッケージの仕事だし……。

「そうなのか。いい記念館なのになあ。ほかに移転する話はないの？」

「いまのところ、ないみたいです。無料の館で、収益はないですし」

「じゃあ、就職に関しては別口で考えるしかないのかな。藤崎でできた縁を取るか、和紙の仕事にこだわるか、考えどころだね」

森沢先輩の言葉にうなずきながら、人の縁を取るか、和紙を取るか、煎《せん》じつめればそういうことなのかもしれない、と思った。

「まあ、なんにしても、吉野さんが決めることだよ。就職ってさ、大きな節目だよね。学生のあいだはやっぱりなんだかんだ言っても子どもじゃない？　働き出したらもう大人。ここでどういう決断をするかで、道が決まっていくわけで」

「そうですよね」

決断って……。わたしはこれまでなにかはっきりと自分で決断したことがあったのだろうか。小冊子研究会にはいったのも莉子に誘われたからだし、記念館でアルバイトをはじめたのも薫子さんから誘われたから。

決断。もしかしたらわたしがなによりも苦手なものかもしれないなあ、と思った。

商店街が終わって道路を渡ると、古い建物が増えてきた。大正浪漫夢通り《たいしょうろまんゆめどお》といって、洋館や蔵造りの建物がならんでいる。

中条さんは首から下げた一眼レフで建物をぱしゃぱしゃ撮っている。カメラのかまえ方がさまになっていて、訊《き》けば高校時代は写真部だったらしい。

「これはもちろんデジタルカメラなんですけど、うちの写真部はけっこうガチで、ちゃんと暗室があるんですよ。定年間近の顧問が現像を教えてくれる、っていう……」

中条さんが言った。

「暗室、ってなに？」

ゆるふわ系女子の鈴原さんがふわっとした感じで訊く。

「むかしはさ、写真ってフィルムってもので撮ってたんだよ。なんて言ったらいいのかなあ、こう……」

中条さんが説明に困っていると、乾くんがスマホを差し出した。

「ほら、こういうやつ」

ネットで検索したらしい。小さな円柱形のフィルムの写真がならんでいる。

「これは三十五ミリフィルムってやつ。一フレーム三十六ミリ×二十四ミリのフィルムがつながって巻かれたもの。三十六枚撮りと二十四枚撮りが主流で、三十六枚撮りなら一巻きで三十六枚の写真が撮れた」

「え、三十六枚だけ？」

鈴原さんが目を丸くする。

「だよね、スマホだと三十六枚なんて一瞬で撮っちゃうよねえ。でも、むかしはこのフィルムが一本何百円とかで、撮影のたびに買わなくちゃいけなかったんだよ。しかも、その場で確認できないの」

中条さんが笑った。

「確認できない？　どういうこと？」

「フィルムで撮ったやつを現像しないとなにが写ってるか見えないんだよ」

「現像？」

鈴原さんが首をかしげる。

「フィルムを薬品につけて反応させるんだよ。それではじめて見えるようになる」

「そうなんだ」

「むかしはあちこちにプリントショップがあって、みんなそこにフィルムをあずけて現像してもらってたみたい。もちろん有料だよ。でもうちの部活ではその現像も自分たちでやってたの。フィルムは光に反応するから、ちょっとでも光に当てちゃいけないんだよね。それで、まわりを覆ってるケースのまま暗室っていう真っ暗な部屋にはいって、フィルムをケースから取り出して、薬品のはいったバットに入れて現像する」

「真っ暗な部屋で？」

「そうそう。でもそれで終わりじゃなくて、そのときはフィルムが現像できるだけだから、引き伸ばし機って機械を使って、フィルムの像を印画紙って紙に焼きつけるの」

「焼きつける？」

鈴原さんはちんぷんかんぷんといった表情だ。もちろんわたしもよくわからない。

「ああ、焼くわけじゃ、ないんだよ。光をあてる、ってこと。フィルムは影絵みたいになってて、上から光をあてると、印画紙に影が映る。印画紙も光に反応する薬剤が塗ってあるから、それを薬品につけると像が出てくる、っていう……」

「うーん、わかったような、わからないような……」

鈴原さんが首をひねった。

「わたしも正直わかんなかった。むかしはフィルムで写真撮ってた、っていうのはおじいちゃんから聞いたことあるけど……」

莉子が言った。

「たしかにわかりにくいですよね。わたしも実際に自分で現像するまでは意味わからなかったですし」

中条さんが言った。

「言葉だけで説明するのは無理だよ。たぶんネット探せば写真現像の動画とかがあるから、それ見た方が早いと思う」

乾くんが言った。

「乾は現像のことにくわしいのか」

森沢先輩が訊く。

「写真家の叔父《おじ》がいるんです。家に暗室もあって、入れてもらったことがあって……」

「写真家の叔父さん!!　かっこいい〜」

中条さんが声をあげ、乾くんが困ったように笑った。

「でも、いまの話だと、フィルムでお金がかかって、さらに全部プリントしないと見られない、ってことなんだよね。それはたいへんだなあ」

二宮さんがつぶやく。

「そうなんだよ。いまはみんなスマホのパソコンに保存しとくだけで、プリントなんてめったにしないでしょ？」

中条さんがうなずく。

大正浪漫夢通りが終わり、古い建物がならぶ通りに出た。

「あ、この建物もかっこいい」

中条さんがふりかえり、カメラをかまえる。「川越商工会議所」と書かれた西洋風の形の建物だ。

「ギリシャの神殿風の柱がならんでるから、川越のパルテノン神殿、っていうあだ名があるみたいだよ。ルネッサンス・リバイバル様式、っていうんだって」

莉子がメモを見ながら言う。建築様式のことはよくわからないが、たしかにかっこいい。それに日本橋を思わせるところもある。わたしも思わずスマホで写真を撮った。

左に曲がると、その先に交差点が見えた。

「あの角を曲がると一番街。蔵造りの建物がずらっとならんでるから」

みんな莉子について歩いていく。交差点で右手を見て、おおおっと声が出た。

「うわー、すごい、江戸じゃん！」

森沢先輩が言った。みんな写真を撮りはじめる。

なるほど、これはたしかにいまの日本橋にはない風景だ。莉子によれば、蔵造りというのは厚い壁を持った店蔵なのだそうだ。むかし大火があり、火に強い蔵造りが増えたらしい。

つるつるに磨きあげられた黒い壁が鈍く光っている。

「かっこいいですねえ」

あたりをきょろきょろ見まわしながら一番街を歩いていく。

「いまは先に氷川神社と川越城を見にいくからね。あとでこっちに戻ってくるから、お土産はそのときに」

ふらふら店にはいっていきそうになっている石井さんと二宮さんを莉子が呼び止める。

「いやあ、楽しいですね。タイムスリップしたみたいだ」

稲川くんもぼそぼそした声ではあるが、笑顔でそう言っていた。


それから氷川神社、川越城本丸御殿などの観光スポットをめぐった。ひとつずつがけっこう離れているし、本丸御殿のなかの見学に思ったより時間がかかったこともあり、余裕があったら見ようと言っていた博物館は断念して、一番街の方に戻った。

途中、むかしながらの映画館「シアター川越」や洋食屋「太陽軒《たいようけん》」の建物を見て、小江戸川越のシンボル「時の鐘」の前で写真を撮った。それから一番街と菓子屋横丁をめぐってお土産を買う。

路地の奥にある月光荘《げっこうそう》という地図資料館をながめたあと、菓子屋横丁のサンドイッチ屋さんで昼食を取った。向かいのパン屋さんが経営しているサンドイッチ店で、パンもおいしいし、具もたっぷりはいっている。

そのころには一年の四人ともすっかり打ち解けて、それぞれの趣味の話もいろいろ聞いた。森沢先輩がいるおかげで莉子も久しぶりにくつろいでいるように見えた。

森沢先輩、莉子、乾くん、稲川くんは、中条さんが撮った写真を見ながら今日見てきた建物の話をしている。

わたしは席の近い石井さん、松下さん、鈴原さん、二宮さんの話を聞いていた。案の定、今日ただひとり欠席している根本くんの話も出た。毎日モノトーンの変わった形の服でやってくるので、一年生のあいだではすでに有名人になっているらしい。

「顔立ちだけ見ると、実は美形なんですよ。だから、神秘的でかっこいい、って騒いでる子たちもいますよ」

二宮さんが言った。

「なるほど。線が細くて中性的で……好きな人には刺さる外見かもしれないですね」

石井さんがうなずく。

「あ、でも、性格は外見とかなりギャップがありますよ」

鈴原さんが言った。

「そうなの？」

石井さんが訊《き》く。

「そうだね、神秘的じゃないよね。どっちかっていうと、うるさい？」

「え？」

「授業中もいちばん前に座って、先生にふつうに話しかけてますし。男子にも女子にもめっちゃ気さくに話しかけてて、でも、憎めない、っていうか……」

「小学生男子的な？」

石井さんが訊く。

「あ、まあ、そう、そんな感じです」

二宮さんが言った。

「入部のときも、松下さんの短歌に惹《ひ》かれてきた、って言ってたよねえ。なんかぐいぐいくる感じだったし……。松下さん、大丈夫だった？」

石井さんが松下さんを見る。

「うん。勢いがあって押されちゃったけど、悪い人じゃない感じだった。それに、なんかすごい文才あるんだよ。あのときＳＮＳのアカウント教えてもらって、見にいってみたらすごかった。宝石箱のようなきらきらの言葉で……」

「言葉って？　短歌？」

「ううん、文章。っていうか、詩みたいな感じ？　物語性もあるけど、幻想的で……」

「え〜、気になる！」

「でも、本人いないときに勝手に教えちゃまずいから……」

「そうだね、今度直接訊いてみる。でも、気になるなあ」

石井さんがぼやいたとき、莉子が、じゃあそろそろ行くよ、と言って立ちあがった。

5

地図を見ながら一番街を駅の方に向かって戻る。仲町《なかちょう》交差点で右に曲がり、少し先の右の路地にはいった。歩いていると醬油《しょうゆ》の匂いが漂ってくる。

「おお、あれだ」

莉子が指差す。路地から少し奥まったところに、大きな木造の建物がある。燻《いぶ》されたような色の壁。

「うわあ、むかしながら、って感じですねえ」

中条さんが建物に近寄り、シャッターを押す。

「あのお店で受付をするんだって」

莉子はそう言って、路地に面した小さなお店にはいっていった。わたしたちもあとについていく。店のなかには醬油のほか、調味料や乾物など和風の食材がならんでいる。

見学には人数制限があるようで、今日の二時の回はわたしたちの貸切状態だった。若旦那《わかだんな》に案内され、さっそくお店の裏へ。麴《こうじ》造りをおこなう麴室《こうじむろ》の前で「天保《てんぽう》蔵」や麴の作り方の説明を聞いた。

松本醬油商店は明和《めいわ》元年（一七六四）創業。当時は横田《よこた》家が営むものだったが、明治になり、一八八九年に松本家初代・松本新次郎《しんじろう》が醬油造り・蔵を引き継ぎ、松本醬油商店となった。

一八九三年の川越大火をまぬがれたため、天保元年（一八三〇）に建てられた仕込蔵が現存し、いまもそのまま使われている。お店の人たちはこの蔵を天保蔵と呼んでおり、なかで麹を発酵させるために使う杉桶《すぎおけ》も蔵と同じときに作られたものらしい。

麹作りは秋から春まで、気温が低い時季に麹室でおこなわれる。そこでできたもろみが天保蔵の杉桶に移され、一年間かけてじっくり発酵・熟成されるのだと言う。

説明のあとは蔵に一礼してなかにはいった。人の背より高い、巨大な桶がならんでいる。薄暗く、しずかで、みんな自然にじっと黙った。もろみの香りとひんやり、しっとりした空気。ただならぬ気配が漂っている。

「蔵にも桶にも酵母菌や乳酸菌のような微生物がたくさんすんでいるんですよ。その力で発酵するんです。この桶も蔵と同じ天保元年に作られたものですから、もう二百年近く使っています。これが壊れたら同じ味の醬油は作れない」

若旦那の案内で、ひとりずつ古い木の梯子《はしご》をのぼり、桶の上に出た。桶のなかを混ぜられるように、木の床が渡してある。上から見てもやはり大きい。直径二メートルくらいあるだろうか。そのなかに茶色いもろみがたっぷりとはいっている。

この桶を二百年近く使っている……？　こんな大きな桶は見たことがない。

高い天井を見あげる。桶だけでなく、この蔵全体に微生物がすみついていると言っていた。たしかにそんな感じだ。この空気のなかにはなにかいる。微生物……いや、神さまみたいなもの。

ゆっくり梯子を降り、次の石井さんに交代した。みんな順番に梯子をあがり、無言で桶をながめ、下におりてくる。

最後にもろみを少し試食させてもらった。醤油と同じかと思っていたらちょっとちがった。そんなにしょっぱくない。甘みや酸味も感じて、さわやかな味だった。

醤油蔵を出ると、外の日差しがきらきらしていた。

「すごかったねえ」

莉子がそう言うと、みんなようやく口を開き、ほんとほんと、圧倒されて全然しゃべれなかった、などと感想を漏らした。

「いいですねえ、川越。池袋から三十分くらいなのに、観光気分味わえます。まさに小江戸ですね」

中条さんがうなずく。

「わたしのバイト先は日本橋にあって、もとは老舗《しにせ》の和紙店なんだよね。江戸時代の日本橋の絵を見せてもらったんだけど、まさにこういう感じだった」

絵を思い出しながらそう口にした。

「へえ、そうなのか」

森沢先輩がちょっと驚いたような顔になる。

「ああ、でも、よく考えたら。ああいう西洋風の建物がならぶようになったのは明治にはいってからか」

「東京は再開発が進んで、もとの町並みが消えちゃったんですね。地震や空襲もあったし。川越にはたまたま古い建物が残っていたんですね」

乾くんがうなずく。

細い道を進み、左に曲がったところで白い建物が見えた。

「あ、たぶんあれだ」

莉子が指差し、早足で近づいた。ガラスのドアの前に「活版印刷三日月堂」という看板が出ている。

まちがいない。莉子がドアを押しながら、すみません、と声をかけた。

「あ、こんにちは。お待ちしてました」

なかから天野さんが出てきた。

「うわ、すごい。え、これが活字？」

うしろから石井さんの声が聞こえた。壁いっぱいにならんだ棚にぎっしり活字が詰まっている。木本さんのところの活字棚よりずっと数が多い。

「嘘でしょ？　これ全部……」

莉子が声をあげた。

みんな壁を見まわし、息をのんでいる。

「つまり、これをならべて文章を作って……なるほど、そうなのか。すごい」

うしろからぼそぼそした声が聞こえ、ふりかえると稲川くんが活字の棚に目を寄せて、まじまじと見ていた。

「言葉を文字に分解することで複製のスピードが飛躍的にあがった。原理は知ってましたけど、現物見ると、なるほどこういうことか、って思いますね。さすが世界三大発明。グーテンベルク、おそるべしだなあ」

乾くんがつぶやくように言う。

「これをならべて本を作るとか……。ありえない手間ですね」

石井さんが言うと、鈴原さんも二宮さんもぶんぶんうなずく。

「今日は遠いところ、ありがとうございました」

天野さんが頭をさげた。

「もう川越は見てまわったんですよね？　どちらに行かれたんですか」

「大正浪漫夢通りから、一番街を通って、氷川神社に川越城、三芳野神社は駆け足で見て、時の鐘。あとは一番街、菓子屋横丁でお土産を買って、菓子屋横丁のサンドイッチ屋さんでランチ、そのあと松本醤油商店の蔵を見学して……」

莉子が答えた。

「ええ〜、かなり盛りだくさんですね。松本醤油さんの蔵にもはいったんですか？　あそこはいいですよねえ」

天野さんがにっこり笑った。

「でも、時間全然足りないね。一番街もながめるだけになっちゃって、蔵造り資料館もはいれなかったし、川越市立博物館も見られなかったし」

「川越、見るとこ多いですからね。ええと、そちらの皆さんが一年生？」

天野さんが中条さんたちを見た。

「はい。わたしは中条暁です。社会学部です」

中条さんが自己紹介すると、ほかの三人も続いた。

「天野さんもうちの大学の一年生なんですよね？　英語の授業で見かけたような……」

鈴原さんが訊《き》く。

「はい、わたしも文学部です。で、あちらで印刷機を動かしているのが島本《しまもと》悠生さん」

天野さんの言葉で視線を向けると、三十代くらいの男性がにこっと笑って会釈した。

「ここは、悠生さんと弓子さんのご夫婦が共同経営しているんです。弓子さんはいまちょっと出かけてるんですが……」

紙こもの市で話した人は留守なのか。そしたら、記念館の物語ペーパーの話はあの島本さんという人に訊けばいいのかな。

「大学のこともいろいろお話ししたいんですけど、それはあとで二階で……。まず、見学と体験を進めましょうか」

天野さんがてきぱきと言った。

「よろしくお願いします」

みんなぺこっと頭をさげた。

それからしばらく天野さんから活字や印刷機の説明を聞いた。

活字にはいろいろな大きさのものがあること、部首の画数ごとにならんでいること、何度も使うとすり減ってしまうので、あたらしいものに買い換えること、使えなくなった活字は溶かされ、再鋳造されること。

印刷機にも小さなものから大きなものまでいろいろあった。いちばん小さいのが木本さんのところでも見たことのある手キン。動力機関はなく、レバーを上げ下げすることで動かす。ハガキや名刺など、小さいサイズのものはこれで刷れるらしい。

それから小型の自動機。こちらは電気で動くので、手キンより速く刷れるが、刷れる紙のサイズはあまり変わらない。A5サイズくらいが限界らしい。

それより大きなものは、いま島本さんが動かしている平台で刷る。木本さんのところの平台も大きかったけれど、こちらはもっと大きい。昭和に作られた国産機らしい。

「メカメカしくて、かっこいいですね〜」

中条さんがカメラをかまえる。

「これはたまらないですね」

石井さんはうっとりした目つきで黒光りした金属をなでた。

島本さんが機械を止め、なかにセットされた版を見せてくれた。いまはイベント用のポスターを刷っているそうで、大きな欧文活字が組み合わされた版は、それ自体かっこいい。機械を動かすとなかのたくさんのローラーが動くのが見え、乾くんも稲川くんも夢中で見入っていた。

説明が終わり、体験にはいることになった。

まずは文選《ぶんせん》。活字の棚から目的の活字を選び出す。活字を拾う、というらしい。

それから組版。拾ってきた活字をならべる作業だ。

そして印刷。活字をならべた版をセットして印刷する。今日は体験ということもあり、手キンを使うらしい。

「通常の体験の場合は活字をあらかじめこちらで拾っておくこともあるんですが、今日は時間をかけて、活字を拾うところから皆さんの方でおこなっていただきます。十人で短歌二首、ということですので、五人で一首ずつ活字を拾ってもらって、ならべるのは代表者ふたり、ということでいいでしょうか」

天野さんの説明にみなうなずいた。グーパーで二チームに分け、Ａチームは森沢先輩、わたし、乾くん、鈴原さん、二宮さん。Ｂチームは莉子、石井さん、松下さん、稲川くん。中条さんは写真担当だ。

「これ、やみくもに探しても時間かかるから、分担しよう。ひらがなだけ集める人と、漢字は部首ごとになってるから、部首で分けて……」

森沢先輩が短歌に使われている文字を部首ごとに分けて書き出す。ひらがなの部分が多いので、ひらがな担当がふたり。ほかの三人で漢字を探す。わたしは二宮さんとふたりでひらがな担当。どうやらBチームも同じ考えらしく、向こうのひらがな担当になった石井さん、稲川くんとならんで、目的の字を探した。

目的の活字をすべて拾い終わり、植字台へ。立って作業するため高めの台で、天板が斜めになっている。一年生優先ということで、Aチームは鈴原さん、Bチームは稲川くんが組版担当になった。みんな自分のチームのまわりに集まっている。

棚にはいっているときは棚に文字が書かれているからすぐにわかるが、ハンコとちがって活字のお尻《しり》にはなにも書かれていない。だから反転した文字を見て判別しなければならない。これがなかなかむずかしい。こんなことなら拾うときに順番にならべておけばよかった、と言い合った。

ならべ終わったものを天野さんにチェックしてもらう。ひとつだけ横に倒れてしまっている活字があったが、あとは大丈夫だったみたいだ。ならべた活字を金属の枠に組みつける。

「これもかっこ良いですねえ～」

中条さんがカメラのレンズを替えて、寄りで撮る。

それから印刷。まずはAチームから。天野さんが上の円盤にインキを出し、横についているレバーを動かす。円盤がまわり、ローラーが円盤上にインキをのばす。

「なるほど。円盤にインキをつけて練って、ローラーでのばす、って、こういう……」

乾くんが感心したようにうなずき、いろんな角度から機械をながめた。

少し試し刷りをしてから、ひとり五枚印刷。

まずは一年から。重いですね、と言いながら、鈴原さんが両手でレバーをおろす。最後にさらに少し重くなるらしく、天野さんから、そこをぎゅっと、と言われている。鈴原さんが両手に力をこめる。

「はい、それで大丈夫です。戻すとき、ちょっと持っていかれますから気をつけてくださいね」

天野さんの声に鈴原さんはほっとした表情になり、力をゆるめる。そのとたん、レバーの戻る力にちょっと持っていかれたらしい。おっとっと、と声をあげた。

「刷れてますよ」

天野さんが印刷機から栞《しおり》を外し、鈴原さんに渡した。

「ふわあ……。きれいですね」

鈴原さんが栞の文字をじっと見る。活版の文字だ。物語ペーパーを刷ってもらったときにも感じたことだけど、活字を押しているせいか、ふつうの印刷より深みがあるように見える。

「へえ。なんかやっぱりちょっとくぼんで見えるっていうか……」

莉子が文字の部分に指をのばす。

「あ、まだ乾いてないので気をつけてくださいね」

天野さんに注意され、あわてて指を引っこめた。


体験が終わったあと、二階の応接室にうつり、印刷所の仕事について話を聞いた。天野さんがお茶を淹《い》れてくれたところで、島本さんが上にあがってきた。体験の感想を訊かれ、みな口々に感じたことを語った。

「むかしはああやって活字を拾って、ならべていたんですよね」

「いまの人からしたら信じられないだろうけど、むかしはあれしかなかったから。亡くなった僕の祖父は若いころからずっと活字を組む仕事をしてたんです。組版一筋。文選はまた別の人の仕事で……」

「分業されてたんですね」

莉子がメモを取りながらうなずく。

「どれも特殊な技能ですからね、その方が効率がよかったんです。大叔父《おおおじ》は印刷担当でした。スイッチ入れれば自動的に出てくるわけじゃなくて、いつでも微妙な調整が必要ですし、機械と一体化している職人が必要だったんですよ」

「変な言い方ですけど、ＤＴＰや印刷機を制御するコンピュータの役を人間がしてた、ってことですよね」

乾くんが言った。

「そうだね。そんな感じ」

島本さんが笑った。

「みんながそういう方法で印刷していた時代はともかく、いま活版という印刷方法を使うのはどういう意図なんでしょう？　たしかに先ほど印刷したものを見て、いまの印刷にない風合いがあるのはわかりましたが、仕事としてはどうなんですか？」

森沢先輩が言った。

「うん、良い視点ですね。わかりますよ、僕もここに来るまではふつうの印刷所にいましたから」

「え、そうなんですか？」

莉子が訊《き》いた。

「ええ。でも、ふつうの印刷もいまはそんなに良くないんですよ。新聞も雑誌もネットに押されて売れなくなってるし、書籍だっていずれは電子にとってかわられて、完全にペーパーレスな時代が来るかもしれない」

「たしかに……」

森沢先輩がうなずいた。

「そんなとき、安くてたくさん刷れる印刷物はネットにかなわないんじゃないか、って思ったんですよ。最後に残るのは、ものとしての価値、っていうか。ものとして存在感があれば生き残れるかも、って」

　和紙の世界と通じるところがある。そんな気がした。

「僕が活版に思い入れがあるのは祖父や大叔父が活版の仕事をしていたのが大きいんだけど、僕くらいの世代で活版に惹《ひ》かれて、活版の仕事をはじめた人のなかには、大人になってはじめて活版を知って、あたらしい表現として使いたい、っていう人もけっこういるんですよ。それだけインパクトがある、ってことなんだと思います」

「僕も……。今日ここにきてガツンとやられました」

　稲川くんがぼそっと言った。

「これで本を作ってた人たちがいた。そういう熱さを感じましたし、純粋に古い機械かっこいい、っていうのもあって」

　ぼそぼそした喋《しゃべ》り方だが、熱がこもっている。

「ですよね。なんていうか、外から見てて仕組みがわかるっていうのがしびれる」

　乾くんもうなずく。

「そう。まあ、ああいうごつい機械、いまはもう作れないかもしれないけど……。でも、見て仕組みがわかるっていうのはほんと、そうだよね。手キンなんて動力使わないから、最悪世界全体が停電になっても、手キンだけは動かせる」

　島本さんが笑った。

「けど、かっこいいだけじゃ、経営はできないですからね。うちの利点は大きな紙に印刷できること。いま個人工房で活版を請け負ってるところで大判に刷れる機械を持ってるところはほとんどないんです。まあ、仕事も名刺やハガキみたいな小さなものが多いし、それでだいたい事足りますからね。そもそも機械があまり残ってないし、メンテにも手がかかるし、使わないとダメになるし」

「それに、機械を動かすこと自体、慣れた人じゃないとできませんしね。うちは悠生さんがいるから動かせますけど……」

天野さんが言った。

「むかし大叔父に習ってたし、いまでも大叔父がサポートしてくれてますからね。でもたしかにそうなんです。さっき機械のコンピュータ部分を人間が、っていう話があったけど、コンピュータ部分がないと機械は動かせないから」

「そうですよね」

「うちもいまある機械を大事に使っていくしかないんですが。でも、とにかく大きな紙に印刷できる、っていうのは、ほかの工房にはない利点ですから。それを生かした仕事を探していきたいと思ってるんですよね」

あ、物語ペーパー。藤崎さんから、物語ペーパーの仕事を受けてくれそうか打診してくれ、と言われていたのを思い出した。

「大きな紙に印刷する、ってどういうものですか？　ポスターとか？」

莉子が訊いた。

「うん、もちろん、ポスターとかカレンダーとか、それ自体が大きなもの、っていうのもあるんですけど、それだけじゃなくて、本にも取り組みたいと思ってて……」

「本ですか？」

「そう。本って大きな紙に数ページ分組みつけて、それを切って作るんですよね。うちの機械ならそれができる。だから、いまは手製本を作る会社と相談して、活版＋手製本で本を作る道を模索してるんです。協力してくれる個人出版社もありますし。まだ先は長いけど、今日もうちの共同経営者がその出版社に打ち合わせに行ってて」

「弓子さんという方ですか？」

　わたしは訊いた。

「そうです。短歌の本を作ろう、っていう話が出てるんです」

「短歌？」

　松下さんが身を乗り出す。

「実は弓子さんのお母さんは弓子さんが小さいころに亡くなってるんですけど、たくさん短歌を残されていて……」

　天野さんが答える。

「それを本に？」

　松下さんが訊く。

「そうか、松下さんも短歌を作ってるんですよね。弓子さんのお母さんの短歌、とてもすばらしいので、本ができたらぜひ読んでほしいです」

　天野さんが言った。

「本作りを仕事のベースに乗せるのはまだ先ですけど。とりあえずいま力を入れているのはワークショップですね。今日は複雑な内容だったのでうちで受けてもらいましたが、簡単な体験は常時受けつけられるように別のスペースを作ったんです」

「浮草ですよね？」

　天野さんが最初に言っていた店の名前を思い出して言った。三日月堂のサイトを見たときにも浮草の活版スペースの説明があった。

「はい。やっぱり、体験すると理解度が変わるんですよ。できあがったものだけ見ても伝わらないけど、活字や機械を見て、自分で組んで、自分で刷ると、思い入れが深まるっていうか」

「わかります。わたしも紙漉《かみす》き体験で同じことを感じました」

　天野さんの言葉に、わたしもうなずいた。

「あとは、受注生産ですね。小さな工房を営んでる人はデザイナー出身だったり、表現したい自分の世界を持っている人が多くて、オリジナルグッズに力を入れてるんですよね。でもうちは弓子も僕も職人で、そういうことはできない。だからオリジナルグッズについては絵の才能のある楓ちゃんにまかせていて」

　島本さんが天野さんを見る。

「庭のカード、素敵ですもんね」

わたしが言うと、天野さんは少し照れたように微笑んだ。

「僕たちは受注生産に力を入れよう、と。ハガキや名刺じゃなくて、もう少し大きいものや複雑なもの。いまは自分で印刷物を作る人たちがたくさんいるでしょう？　皆さんも『小冊子研究会』だから関係あると思うけど、ZINEや同人誌もあるし。そういう人たちの手助けをする仕事を考えてる」

「なるほど。ZINEも多様化してますしね。少部数で質の良いものを、という需要もありそうですね」

　森沢先輩がうなずいた。

「まあ、これもこれまで弓子が試行錯誤してきたから考えられることで……。弓子がここに来て店を再開したときは、とにかく頼まれたものを引き受けて、という感じだったみたいです。でもだんだん町の人たちにも認知されて。川越っていう、古いものを大事にする土地柄がよかったのかもしれませんね」

　島本さんに言われ、松本醤油商店のあの古い蔵と木《き》桶《おけ》を思い出した。

——この桶も蔵と同じ天保元年に作られたものですから、もう二百年近く使っています。これが壊れたら同じ味の醤油は作れない。

　松本醤油商店の人はそう言っていた。古いからいいとか、歴史あるものだから守る、ってことじゃない。あの蔵と桶を使わないとできないことがあるから。

活版もそうだし、和紙もそうなんだ。

ほかに代えられない良さがあるから、わたしたちの方が古いものに頼っている。古いものに生かされている。この町の人はそのことをよくわかっているのかもしれない、と思った。

6

「ただいまあ」

下から声がした。

「あ、弓子さん、帰ってきた」

天野さんが立ちあがり、階段の方へ行く。

「おかえりなさい。いまみんな上にいます」

下に向かってそう言うと、階段をのぼってくる音がした。

「ああ、今日の見学の皆さん……。楓ちゃんと同じ大学の？」

やっぱり紙こもの市で話をした人だった。

「こんにちは。月野《つきの》弓子です」

微笑んで、そう言った。島本さんとは結婚しているけど、仕事のときは旧姓なのだと天野さんから聞いていた。

「本の話、どうなりましたか？」

天野さんが訊《き》く。

「うん、うまくいきそう。原稿も整ったし、文字組もだいたい決まった。来月から少しずつ組んでいこうと思う」

弓子さんは落ちついた声で言った。

「またちょっとスケジュールがきつくなるかもしれないけど、楓ちゃん、よろしくね」

「はい、わかりました！」

天野さんが元気よく答える。スケジュールがきつくなる……。そうなのか。となると物語ペーパー、頼めるのかな？

「ごめんなさい、お客さまがいるのに。体験はいかがでしたか？」

どう切り出したらいいか迷っているうちに、弓子さんがわたしたちに訊いてきた。

「わかりやすかったですし、すごく有益でした。いろいろ考えさせられましたし」

森沢先輩が答える。

「そうですか。よかった」

弓子さんが微笑んだ。

「冊子に載せるときには、また天野さんを通して確認を取りますので、よろしくお願いします」

莉子が頭をさげた。

「すっかり長居してしまって、すみません」

森沢先輩の言葉にはっとして時計を見る。もう六時半をすぎている。体験が終わってから一時間以上話しこんでいたらしい。

「あ、もうこんな時間……。あの、もしよかったら、なんですけど、帰りがけに浮草のお店も見ていきませんか？　浮草は八時まで営業しているので」

天野さんが言った。

「そうだね、時間があったらぜひ。店長の安西《あんざい》さんは同じ大学の先輩だし」

島本さんが言った。

「ああ、立花ゼミの？　僕も立花ゼミなんです。別にこのあとはご飯食べて解散の予定だったんで、いいよね？」

森沢先輩の言葉にみんなうなずく。

「わたし、案内します。あと、できあがった栞《しおり》、お渡しする準備をしますので」

天野さんはそう言うと、階段をおりていった。

わたしたちも身支度をして下におり、できあがった栞を受け取った。天野さんに、まだ完全に乾いていないから、指でこすったりはしないでくださいね、と言われた。

「この短歌はどなたの？」

栞を見た弓子さんがわたしたちを見まわす。

「わたしです」

松下さんが答えた。

「素敵な歌ですね」

「あ、ありがとうございます」

松下さんは少しあせったように言って、ぺこっと頭をさげる。

「こうやって心を言葉にのせられるのはいいことですね。わたしにはできないけれど、形になって残るというのは……」

弓子さんの言葉に、松下さんはぐっと黙った。

「大切に続けていってくださいね」

そう言われて、松下さんは、はい、とうなずいた。

「あの、すみません」

思い切って弓子さんに話しかける。

「実はわたし、紙屋ふじさき記念館というところでバイトしていまして……。あの、吉野百花って言います」

あの、って言ってしまった。気をつけているつもりなのに、緊張するとどうしても出てしまう。

「前に紙こもの市でもお目にかかりましたよね？」

弓子さんが言った。覚えていてくれた。ちょっとうれしくなる。

「はい。あのときはいろいろ教えてくださって、ありがとうございました。それで、あの、いま記念館と書店さんのコラボで『物語ペーパー』というものを作っているんですが……」

「ええ。木本さんからうかがってます。ペーパーも見せていただきました。とても素敵でした」

弓子さんがにっこり笑う。

「それで、あの、物語ペーパーがなかなか好評で、いろいろな区の書店さんから注文がきていることもあって、あの……」

また「あの」を連発してしまい、頭が真っ白になる。

「ええ、そちらも木本さんからうかがってます。木本さんがうちを紹介してくださったんですよね」

「はい。それで、記念館の館長から、物語ペーパーの印刷を一部引き受けてもらうことができないか、三日月堂さんに訊いてみてほしい、と……」

「ええ、もちろん大丈夫ですよ。こちらこそ、お声がけいただいて光栄です。和紙への印刷、うちでももっとしっかり取り組みたい、と考えていたところでしたし、喜んでお受けします」

「でも、これから本の印刷で忙しくなる、って……」

「いいえ、だからといって日々の仕事を断っていたら、売りあげがなくなってしまいますから」

弓子さんが笑った。

「お受けします、とお伝えください。物語ペーパーの内容は、吉野さんにとっても大事なものだとうかがってますから」

弓子さん、あれが父の小説だって知ってたのか。木本さんから聞いたのかな。そう思ったとき、はっとした。

これから組版がはじまる歌集、弓子さんのお母さんのものだって、さっき天野さんが言ってた。弓子さんが小さいころに亡くなった、って。

なにも言えなくなって、じっと黙る。

——こうやって心を言葉にのせられるのはいいことですね。

——大切に続けていってくださいね。

さっき松下さんに言っていた言葉が頭によみがえり、わけがわからないまま胸がいっぱいになった。


天野さんについて裏道を通って菓子屋横丁まで行った。お店はもうほとんど閉まっている。路地を抜け、広い道に出る。左に曲がって橋を渡ると、なかに電気のついた小さな店が見えた。

天野さんがドアを開ける。店のなかはしずかで、時計の音だけが響いていた。

「こんにちは」

レジに座って本をめくっている女性に天野さんが声をかける。

「ああ、楓さん」

女性が目をあげた。

「この前お話ししてた小冊子研究会の人たちです。今日は三日月堂に体験に来てくれたんです」

天野さんがそう言ってわたしたちの方を見た。

「ああ、小冊子研究会の……。わたし、安西あかりって言います。立花ゼミの卒業生で、いまはここの店長をしてます」

安西先輩が立ちあがり、お辞儀した。

「あの、僕も立花ゼミです。今度四年になった森沢って言います」

森沢先輩が言った。

「わたしもです。三年の荒船莉子です」

莉子も頭をさげる。

「そうなんですね。立花先生、お元気ですか？」

安西先輩が訊《き》いてくる。

「はい」

森沢先輩がうなずいた。

「いま四年、ってことは、わたしが三年生のときの一年生ですね」

安西先輩が森沢先輩を見る。

「そうなんですね。ってことは、もしかして、三年の共同制作の課題が川越だったときですか？」

「ええ、そうです。実はわたしがここで働くことになったのも、そのときの縁がきっかけで……」

「ああ、なるほど、あのときの共同制作の成果発表は川越の古書店だったって聞きましたけど、それがこの店？」

「はい」

安西先輩がうなずいた。

「あの年の冊子はどれもすばらしいって評判で。僕も立花先生から見せてもらって、とくにすごかったのが活版印刷で作ったイラストマップで……」

森沢先輩はそこまで言って、あっ、と声をあげた。

「それ作ったの、わたしたちなんです」

安西先輩がはずかしそうに言った。

「やっぱり……。活版印刷って聞いたときから、なんかずっと気になってたんだ」

森沢先輩によると、その年の共同制作冊子のなかに、活版印刷を使った「街の木の地図」という作品があり、冊子ではなく一枚のイラストマップなのに内容がすばらしく、立花ゼミでは伝説化しているらしい。

安西先輩が店にあった街の木の地図を持ってきて、みんなに見せた。一年も二年もみんな関心を持ったみたいで、活版印刷について語り合っている。

「ところで、遠足にいっしょに来たっていうことは、楓さんも小冊子研究会にはいるってこと？」

話が一段落ついたところで、安西先輩が天野さんに訊いた。

「いえ、わたしはいっしょに来たわけじゃないんです。皆さんを三日月堂での活版体験にお誘いしただけで……」

「そうなの」

安西先輩が言った。

「三日月堂の仕事がありますから。大学にははいったけど、部活まではできないかな、って。小冊子研究会の活動は楽しそうなんですけど」

「だったらはいってもいいんじゃないの？」

安西先輩が微笑む。

「え？」

「わたしは部活とかしてなかったんだけど、やっぱり大学時代でいちばん記憶に残っているのはゼミで『街の木の地図』を作ったことで……。人といっしょになにかする、って、すごくいい経験になると思うから……」

「そうなんですか？」

天野さんが安西先輩を見た。

「大学って、授業受けるだけじゃないと思うよ。弓子さんも悠生さんも部活しちゃダメ、って言ってないでしょ？」

「え、ええ、それは、まあ」

天野さんが言葉を濁す。

「だったら考えてみてよ。天野さんはいってくれたら、うちとしてはすごくうれしい」

莉子がぐいっと天野さんに詰め寄った。

「とくに今年は紙に関する冊子を出すつもりだし、活版印刷も内容に入れたい。冊子作りのときに参加してくれるだけでもいいから」

莉子に言われ、天野さんがじっと考えている。

「わかりました。じゃあ、まずは弓子さんたちと相談してみます。これから三日月堂も忙しくなりますし、スケジュール的に大丈夫そうだったら……」

「ほんと？　やった！　考えてみて」

莉子が天野さんの手を取る。

「せっかく幅を広げるために大学にはいったんだもん。楓さんの人生だもんね。いろいろやってみた方がいいよ」

安西先輩がにこっと笑った。

しばらく話したあと、浮草を出て駅の方に向かった。天野さんもそのまま帰るということで、いっしょに歩いた。

「今日はありがとう」

天野さんのとなりにならんで、わたしはそう言った。

「いえ、こちらこそありがとうございました。皆さんが来てくれてうれしかったです。体験、自分と同じくらいの年齢の人たちがグループで、っていうのはけっこうめずらしいので」

「そうか」

「それに皆さんの反応を見てたら、自分が最初に三日月堂に来たときのことを思い出しました。わたしもはじめは体験で来たんです。活字や印刷機を見てびっくりしたし、ほんとに刷れてまたびっくりして……」

天野さんがくすっと笑った。

「天野さん、将来は三日月堂で働くって決めてるんですよね？」

ずっと気になっていたことを思い切って訊いた。

「はい」

天野さんがうなずいた。

「どうしてですか？　うーん、どうして働きたいか、って意味じゃなくて、どうしてそう決められたのか、って言うか……。まだ大学一年なのに」

「早すぎますか？」

「いえ、そういうことじゃなくて。わたしはもう三年なのに、将来どうするか決め切れてなくて。できれば記念館で和紙に関する仕事を続けたいけど、いろいろな事情でそうできるかわからないところもあって」

「そうなんですね。わたしは、さっき悠生さんも言ってましたけど、活版印刷に未来があると思ってるんですよね。でも、それ以上に人に対する信頼っていうか……」

「人に対する信頼？」

「弓子さんも悠生さんも信頼できる人で、どうしてもあのふたりのところで働きたい。活版ならなんでもいいわけじゃないんです。あのふたりのもとで働いて役に立つようになりたいんです」

天野さんはそう言って夜空を見あげた。

「わたし、高校時代、不登校になりかかった時期があったんです。高一のとき、入学したけどなにしたらいいかわからなくなって。自分がやりたいこともないし、自分にできることもないような気がしてたんです。そんなとき、三日月堂の体験に来て……」

「どこで知ったんですか？」

「うちの母が、弓子さんのお母さんと大学で同じゼミだったんです。それで、弓子さんのお母さんの二十七回忌で集まったときに、弓子さんの印刷所のチラシを持って帰ってきて。弓子さんのお母さんの作った短歌を印刷した活版のカードもあったんです。その文字がすごく印象的で……」

　天野さんはそこで言葉をとめ、うつむいた。

「それで三日月堂に行ったんですね」

「弓子さんがわたしの話を聞いてくれた、とか、わかってくれた、とかじゃないんです。弓子さんはそんなことはひとつもしてくれなかったけど、三日月堂でわたしの描いた絵を版にして印刷してくれた。弓子さんがわたしの絵をいいって言ってくれて、わたしにもできることがあるんだ、って」

　同じだ、と思った。わたしもそうだった。叔母《おば》や藤崎さん、薫子さんがわたしの作ったカードを褒めてくれた。そうしていっしょに仕事をしようって誘ってくれたんだ。

「それで、三日月堂で働きたい、って思うようになったんです。父にはそんな不安定なところで大丈夫か、って言われたけど、いまは大きいところにはいったから安心ってこともないじゃないですか。自分に与えられたことだけしていれば生きていけるなんて場所は、もうどこにもないと思うんです」

　天野さんの言葉にはっとした。

「どこにいたって、必死にならないと生き残れない。だったら好きなこと、夢中になれるものを選んだ方がいい。でも、ひとりではなにもできないから、信じられる人といっしょに働きたい」

　そんなふうに覚悟して働いてるのか。すごいな、と思った。天野さんの目は、弓子さんや島本さんの目と似ていた。まっすぐで、遠くを見ている。

わたしも……。藤崎さん、薫子さんと知り合ったから、和紙のすばらしさに気づくことができた。

——自分に与えられたことだけしていれば生きていけるなんて場所は、もうどこにもないと思うんです。

——ひとりではなにもできないから、信じられる人といっしょに働きたい。

天野さんの言葉を思い出し、はっと足が止まった。

そうか、そうだよね。記念館があったら、じゃなくて、記念館を残すためにがんばる。記念館がなくなってしまったら、ほかにできることを探す。藤崎さんや薫子さんといっしょに。

「百花、どうしたの？」

うしろから莉子の声がした。莉子と話していた石井さんと二宮さんも不思議そうにこっちを見ている。

「あ、ごめん、なんでもないよ」

「いま石井さんたちとなに食べるか相談してたんだ。天野さん、お店知ってる？　もしよかったら、いっしょに行かない？」

「いいんですか？」

「あたりまえじゃないですかぁ。もう天野さんも我ら小冊子研究会のメンバーなんですから」

石井さんが力強い口調で言う。

「じゃあ、ごいっしょします。駅の近くだと、そうですねえ……」

天野さんが店の名前をあげ、莉子たちはふんふん聞いている。

町はすっかり暗くなり、古い建物の入口に小さなあかりが灯《とも》っている。

不思議な一日だった。天野さん、島本さん、弓子さん、安西先輩、それに森沢先輩。

今日聞いた言葉がいくつもいくつも胸のなかに灯り、わたしの道を照らしてくれている気がした。

第二話　包む心

1

連休の後半はずっと記念館のバイトに出ていた。来館者も多く、販売コーナーも忙しかった。午後には何回か蠟引《ろうび》きのワークショップもおこなった。物語ペーパーの一部を使った蠟引きの栞《しおり》作り体験だ。

以前おこなった水引のワークショップのようなレクチャーはなく、栞に蠟引きするだけのもので、紙選びを含めて三十分程度で終わる。講師も呼ばず、去年の大学祭で蠟引きに慣れた小冊子研究会の面々にバイトを頼んだ。

それでも参加者はけっこう集まった。「文字箱」のほか、物語ペーパーをあつかっている古書店に案内チラシを置いてもらったので、そこから来てくれた人も多かったし、当日会場で案内板を見て参加してくれた人もいる。

短時間でできて作ったものを持って帰れる。簡単なわりに見た目のインパクトがあり、実用的。技術を覚えれば家でもできる、などなどで、参加者にも好評だった。

物語ペーパーの方も中央《ちゅうおう》区の「文字箱」、杉並区の「夜光《やこう》」、千代田区の「フクロウ書房」、台東区の「書肆《しょし》モルン」、江東区の「海岸ブックス」に続いて、新宿《しんじゅく》区、中野《なかの》区、大田《おおた》区の古書店から依頼が来ていた。

　今後の印刷は木本さんと川越の三日月堂の半々でおこなうことが決まった。三日月堂や蠟引きの業者との交渉はすべて藤崎さんがおこなっているが、わたしも父の『東京散歩』から印刷する箇所を抜粋したり、古書店さんと紙の選定をしたり、と仕事はいろいろあった。

　受付スペースの近くに飾った紋切りも好評で、綿貫さんからイベントの提案もあった。文字箱で紋切り関係の本のフェア、記念館で紋切りのワークショップをおこなう、というものだ。紋切りの本の著者でよくワークショップを開催している人がいるらしく、その人に講師をお願いしてもいいかもしれない、と言っていた。


　連休が明け、大学の授業も再開した。三年になって授業の数は減ったが、ゼミの課題がけっこうあるので、たいへんさはあまり変わらない。

　先輩からも聞いていたが、笹山先生のゼミは課題が多く、授業を聞かないとできない内容も多いので、あまり休めない。先生は日本文学科で一番年長、白髪白髭《しろひげ》でいつもおっとりにこにこしているのに、課題には厳しい。

　笹山先生の専門が児童文学や童謡だからだろうか、ゼミ生は女子が多く、三年生十二人のうち男子は四人だけ。四年も男子は三人しかいない。笹山先生のかもしだす雰囲気のせいもあって、全体に和気あいあいとしている。

とはいえ、卒論は学科一、二を争うほど厳しいらしい。笹山先生の指導はていねいで、先生の考える水準に達するまで指摘が続く。ごまかしは効かない。四年になったらすぐに準備に取りかからないとあとで痛い目を見る、と聞いていた。

莉子のはいった立花ゼミは個性の強い学生が多いらしい。毎年応募が多く選抜になるゼミなのでみんな優秀だし、大学の成績だけでなくなにかしら秀でたところがある人ばかり。莉子のようにＳＮＳで活躍している人もいるし、動画編集ができたり、学生のうちからアプリ開発に携わっていたり。

自分の能力をアピールしてくる人ばかりで疲れるけど、こっちも負けられないと思うし、刺激になっていいのかもしれない、と苦笑いしていた。

莉子には立花ゼミぐらい活発な方が合っている気がした。それに、莉子が目指しているのは生き馬の目を抜くマスコミ業界。同じようにマスコミを目指す学生たちとしのぎを削るのも必要なことなんだろう、と思った。

「百花、いる？」

昼休み、小冊子研究会の部室でお弁当を食べていると、莉子がやってきた。

「うん。莉子もお昼？」

「あ、すみません、いまちょっと詰めますね」

石井さんがそう言って立ちあがる。部室の机には、二年の石井さん、松下さん、新入生の二宮さん、鈴原さんもお弁当や買ってきたパンの包みを広げていた。

「ありがと。まあ、お昼もあるんだけどさ」

莉子はわたしのとなりに座り、大学の購買で買ったらしいサンドイッチとコーヒーの紙コップを机に置いた。

「実はね、この前ゼミに、ウェブメディアで働いている先輩が来て……」

莉子が言った。

「ウェブメディア？」

石井さんが訊《き》く。

「うん。『hiyori』っていうアプリで、東京を中心に、小さな観光スポットとか、ショップやイベントを紹介してるんだよね」

「あ、知ってます。わたし、使ってますよ」

松下さんがスマホを出す。

「小さなお店のフェアやおもしろそうなイベントが紹介されてて、便利なんです。見てるだけでも楽しいし」

「わたしも知ってます。姉が使ってました。わたしは入れてないんですけど」

鈴原さんが言った。

「へええ。そんなのがあるんだ」

石井さんが言うと、松下さんがスマホのアプリのアイコンをタップした。

「これですよね？」

　きれいな写真がいくつもならび、写真の上に小さく見出しが載っている。

――かわいい！　おいしい！　見た目も味もハッピーなパン10選

――休日に行きたい！　素敵なグッズのあるミュージアムショップ

――新生活に大活躍！　センスあふれるプチアイディア

　それぞれの写真をタップすると記事が出てくる。写真入りで、けっこうくわしい説明がついていて、読みやすい。

「二十代から三十代の女性をメインターゲットにしてるんだって。まだはじまったばかりだから店とのタイアップ広告みたいな記事も多いんだけど、今後はしっかりした読み物も増やしていきたい、っていう話で……」

　莉子が言った。

「なるほどぉ。これってまさにむかしの小冊子のネット版ですね。われわれ小冊子研究会もこういうラインを視野に入れないといけないんですかねえ」

　石井さんがうなずく。

「アプリ開発、ってことですか？　全然わからないですけど、できたら楽しそう」

　二宮さんが目をかがやかせた。

「それは思いつかなかったけど、おもしろそうだね。あ、でも、今日はその話じゃなくって……。その先輩、竹本《たけもと》先輩、っていうんだけど、変わった仕事で活躍する大学生を取りあげたい、って言っていて」

莉子が言った。

「それで、百花の話をしたんだよね」

「え、わたし？」

驚いて言った。たしかに記念館のバイトはちょっと変わった仕事かもしれないが……。

「日本橋の老舗《しにせ》和紙店の記念館で働いていて、商品開発もしてる、って。そしたら、竹本先輩も興味を持って、取材させてくれないか、って」

莉子がわたしを見た。

「え、すごいじゃないですか」

鈴原さんが言った。

「ウェブメディアっていっても、個人ブログじゃないし、それなりにアクセス数あるんじゃないですか」

「大丈夫かな。記事になるようなこと、しゃべれるかわからないけど」

戸惑ってそう答える。

「いやいや、大丈夫だよ。自分のことを語るってなるとあれだけど、和紙について話すって考えれば。百花、いつも熱く語ってるじゃない？」

「え……そうかな……」

熱く語ってる？　藤崎さんじゃあるまいし。それとも記念館で働くうちに、藤崎さんの癖がうつったんだろうか。

「でも、記念館でのことを語るんだったら、藤崎さんの許可を取らないと」

「そうだね。でも、大丈夫なんじゃない？　記念館と和紙の宣伝にもなるんだし。ダメって言われることはないんじゃないかな」

　莉子にそう言われるとたしかにそんな気もした。

「わかった。とりあえず藤崎さんに訊いてみる。もし和紙の話をするなら、これまでの商品の写真とか、記念館の写真も入れてもらいたいし」

「そしたら、竹本先輩に百花の連絡先、教えていいかな？」

「いいよ。あとは直接話した方がよさそうだし」

「よかったぁ。わたしも竹本先輩の仕事に興味があるし、百花の記事ってことになったら、取材に同行させてもらえるから」

　莉子のためにもなるってことか。

「そしたら藤崎さんにメールしてみる。返事が来たら莉子にもすぐ連絡するね」

「やった！　持つべきものは友！」

　莉子はにっこり笑って、サンドイッチの包みを開けた。

　メールで確認を取ると、藤崎さんからすぐに返信がきた。

取材は基本的にＯＫ、これまでに企画した記念館オリジナルグッズの写真掲載も可、ただし「shizuku」や「モリノインク」のように企業からの依頼で制作したものの場合は、依頼主の確認を取ること、とあった。

記念館の内部の写真も必要だろうから、インタビューは記念館のレクチャールームを使うように、とも書かれていた。藤崎さんにお礼のメールをしてから、莉子にＯＫが出たとメッセージを送った。

夜になって、竹本さんからメールが来た。莉子から聞いた話に加えて、取材の意図やインタビューにかかる時間、用意してほしいものなどがまとめられている。

――吉野さんご自身の写真も撮影し、サイトに掲載したいのですが、大丈夫でしょうか。バストアップと全身を数枚撮り、そこからよいものを選びます。サンプルページを送りますので、ご確認ください。

最後にそう書かれていた。

写真？　サイトに掲載？　ウェブメディアとはいえ、だれでも見られる場所に顔が出てしまうってこと？　問題はないけど、ちょっと恥ずかしい。

送ってもらったサンプルページを見ると、日本各地のパワースポットの写真で有名な大学生インフルエンサーや、三十代の女性ふたりで営む和菓子店が取りあげられていて、にっこり笑った本人の写真が載っていた。

大学生インフルエンサーの方はプロのモデルか、と思うくらいきれいで細い。ＳＮＳ

のアカウントを見てみると、写っている場所だけではなく本人も素敵で、いつもきれいですね、とか、かわいいです♡というコメントがずらりとならんでいる。

和菓子店の女性ふたりは飾らない感じだが、表情がかがやいている。和菓子を作っているときの目は鋭く、和菓子について語るときも、この仕事が好き、ということが伝わってくるような生き生きした顔をしている。

なんだか自信がなくなってくる。もともと写真を撮られるのが苦手なのだ。記念館にある紙漉《かみす》きをしているときの写真は作業中のものだから自然な表情だが、記念写真になるとまるでダメだ。笑顔はいつもぎこちないし、目をつぶっていることも多い。自然に、と言われるほど表情がこわばる。

小冊子研究会で冊子作りも経験しているから、写真があった方がいいのはわかる。もちろん、写真が苦手で、なんて言えない。大丈夫です、と返信したものの、ちっとも大丈夫な感じがしなかった。

わたしは別にアイドルでもモデルでもないんだから、それなりでいいじゃないか。実物よりよく見せようとするから変なことになるわけで……。

でも、やっぱり少しはいい感じに撮られたいし、ちょっとはおしゃれしていくべき？ ふだんは動きやすくきちんとして見えるように、たいてい襟つきのシャツとパンツだけど、せめてスカートにするとか？

そんなふうに思ってすぐに、いやいや、それは勘違いだろう、と首をふった。先方が興味があるのはわたしの仕事であって、わたしの容姿じゃない。ということは、目指すのは仕事できる感じ？　いや、それはもっと無理か。

パワースポットのインフルエンサーはともかく、和菓子職人のふたりみたいに見えるといいんだけどなあ。「八十八夜《はちじゅうはちや》」の翠《みどり》さんも、shizukuの淵山《ふちやま》さんも、水引クリエイターの西田《にしだ》さんも、仕事について語るときすごく生き生きした表情をしていた。

それに天野さんも。化粧もしてないし、飾り気のない服装だけど、活版印刷について語っていた天野さんはかがやいていた。

自分がそんなふうにできるかはわからないが、とりあえず服装は関係ない。ふだん通りのスタイルで行けばいい。それより、これまで見てきたもの、感じてきたことをちゃんと整理しておこう、と思い直した。

2

土曜日、開館時間が終わって記念館を閉めようとしたところに、エレベーターから人がおりてくるのが見えた。年配の男女ふたり連れだが、その姿を見たとたん、目が釘《くぎ》づけになった。

男性は白髪混じりだがすらっとして品がある。ダンディなロマンスグレーというやつだろうか。そして女性の方は超絶うつくしかった。髪には艶《つや》があり、肩幅のある欧米人のような体型。身体じゅうからオーラが出ている感じ。

その女性がわたしの方を見て、にこっと微笑んだ。

女王？　いや、女神ですか？　思わず硬直する。が、一瞬後、その顔をどこかで見たことがあるような気がした。

「あ、あの、すみません、記念館は五時で閉館になりまして……」

ようやくそう言うと、男性が優雅に微笑んだ。

「いや、わたしたちは記念館を見にきたわけじゃないんですよ」

渋い声で言う。なんだ、この美声は。

俳優？　そうかも。女性も、女優だとすればこのあふれるオーラに合点がいく。それにさっきどこかで見たことがある、と感じたことも。ぱっと思い出せないけど、映画かテレビで見たことがあるのかも……。

「わたしは藤崎産業の者なんだ」

え？　藤崎産業の人？　つまり、本社の人？　会社員、ってこと？

「そうそう、今日はね、館長に会いにきたのよ」

女性の方が、妖精《ようせい》の女王か、と思うほどの美声でそう言って、くすくすっと笑った。

異界……。

記念館の前の小さなエレベーターホールいっぱいに、わけのわからないきらきらが満ちあふれる。頭がくらっとした。

「ちょ、ちょっと……」

そのときうしろから声がした。

「近くまで来たら電話してください、って言ったじゃないですか」

いつのまにか館長室から藤崎さんが出てきていた。

「ああ、ごめんなさい。電話、ホテルに忘れちゃって」

女性がにっこり笑う。

「忘れた、って……。わざとなんじゃないですか」

藤崎さんがじろっと女性を見た。

「そんなこと、ないわよぉ」

女性はふるふると首をふるが、いかにもわざとらしい。そして、そういう仕草がいちいちすべて優雅である。

なんだかわからないが、ただものでないことはたしかだ。

「それに、昼過ぎに来るって言ってたじゃないですか。もう五時ですよ」

「ごめんねぇ。時差ボケで……」

時差ボケ？　海外旅行に行っていたんだろうか。

「記念館も案内するつもりだったのに、もう閉館時間ですよ」

藤崎さんは呆《あき》れたように言った。

「あ、あの……」

おそるおそる藤崎さんに話しかける。だれかはわからないが、どうやらこのただものでないふたりは藤崎さんのお客さまということらしい。ということは、わたしはもう帰っていいのだろうか。

「ああ、吉野さん、すまない。こちらはうちの重役の藤崎晃成《あきなり》。僕の父なんだ」

思わず固まった。藤崎さんのお父さん。前に薫子さんや朝子《あさこ》さんから聞いた。現社長の弟で、藤崎産業のヨーロッパ支社にいる、と。

ということは、この妖精の女王は、藤崎さんのお母さん……ってこと？

「で、こちらが僕の母」

「藤崎めぐみです」

妖精の女王が微笑む。

藤崎さんのお母さん。たしか声楽家でオペラにもよく出ていたとか。そうか、美声も、オーラもそういうこと……。そして、どこかで見たことがあると思ったのは、映画やテレビで見たからじゃない。藤崎さんに似てるから……。

頭がくらくらした。

「もっと早く来てもらうつもりで、そうしたら記念館を案内してもらおうと思っていたんだが、もう閉館時間だね」

「え、いえ、その、藤崎産業の方ですし、閉館後でも……」

「あ、こちらが噂の吉野さんだね。母から聞いてますよ。記念館の期待の星、とか」

晃成さんに言われ、ぎょっとした。

期待の……星……？　薫子さんがそんなことを？

「そうそう。記念館のオリジナルグッズをいくつも作ってくれて、なかなか好評なんですよ。ここの展示も彼女の提案でずいぶん変えたんです」

「そうなの？　記念館はもう何度も見てるし、まあ、いいか、って思ってたんだけど、そういうことだったらちゃんと見ないと」

めぐみさんが言う。

「だから早く来てくれ、って言ったんですけど……」

藤崎さんがめぐみさんから目をそらし、ため息をつく。

「まあ、いいですよ。僕が案内しますから。吉野さんは勤務時間があるし、もう帰って大丈夫だよ」

「え、帰っちゃうの？　少しお話ししたかったのに」

めぐみさんが藤崎さんを見る。

「仕方ないでしょう？　勤務時間、ってものがあるんですから」

「あの……わたしなら大丈夫ですけど……」

「え？」

藤崎さんがこっちを見る。

今日は帰ってからやることもないし、遅くなることを母に連絡すれば問題はない。

「吉野さんもそう言ってくれてるんだし、残業ってことにすればいいんじゃない？　これも仕事なんだから」

めぐみさんがごりごり押してくる。

「そういう問題じゃ……」

晃成さんが言った。

「いいじゃないか。わたしとしてもいろいろ意見を聞きたいからね」

「まあ、記念館の案内はあとでお前にしてもらうとして、吉野さんにこれまでの活動や、記念館のことをいろいろ聞いてみたい。そう長い時間じゃなくていいんだ」

「わかりました。そういうことなら、一時間残業ということで……。展示で変えた部分だけ簡単に説明して、あとは館長室で話しましょうか」

藤崎さんは渋々納得したみたいだった。

「じゃあ、ちょっとその前にこれ、置かせてもらえる？」

めぐみさんが晃成さんの持っていた大きな荷物をさして言う。藤崎さんは荷物を受け取り、館長室のなかに持っていった。

それから藤崎さんが展示室のなかを案内した。和紙の引き出し棚の上に名刺サイズのサンプルを置いたこと、中央の展示のパネルを変え、映像を流すようにしたこと、受付の横に販売コーナーを作ったことなどを説明している。

「全体にきれいになったし、見やすくなった。棚の上にサンプルを置くのも、映像を流すようにしたのもすごくいい。格段にわかりやすくなったね」

晃成さんが言う。

「そのあたりも全部吉野さんのアイディアなんですよ」

藤崎さんが答えた。

「なるほど。母が言っていた通りだ。吉野さんは優秀だね」

晃成さんがこちらを見た。

「あ、ありがとうございます」

あわてて頭をさげた。

「ほんと、わかりやすくなってる。紙の作り方の説明も、これまではいくら一成に聞いてもちんぷんかんぷんだったのに、このパネルの説明だとよくわかる」

めぐみさんが微笑む。

「映像やパネルはあとでじっくり見るとして、まずは吉野さんの話を聞こうか。あまり遅くまで引きとめるわけにもいかないしね」

晃成さんが言った。

「そうそう、一成へのお土産も見せたいし」

めぐみさんがうきうきした顔で言った。

館長室にはいり、晃成さんとめぐみさんがソファに腰かける。

「お茶は僕がいれるから、吉野さんも座って、話をはじめていてください」

藤崎さんが言った。え、でも、と言いかけたが、さっさと給湯室にはいってしまった。話をはじめてって言われても、藤崎さんがいないとなにを話したらいいのか……。とりあえず向かい側に腰をおろしたが、この王と女王みたいなふたりを前にすると、すくんでなにも言えなくなってしまった。

「吉野さんはまだ大学生なんですよね？　何年生ですか」

晃成さんが訊《き》いてくる。

「さ、三年生です。日本文学を学んでます」

「そうか、三年生。じゃあ、今年はまだ卒論も就活もないんだね」

「はい」

「それで、たしか記念館のバイトは去年の六月から、だったか……」

晃成さんがちょっと首をかしげた。

「はい。叔母《おば》が器の店を営んでいまして、パッケージや包装紙でいつも記念館にお世話になっていて。叔母と紙こもの市に行ったとき、記念館のブースにも立ち寄りました」

「吉野さんが和紙でカードを作って一成がそれを気に入って、という話を母から聞きました」

「組子障子をモチーフにしたカードでしょう？　すごくきれいだった」

めぐみさんが言った。

「母も感心していたんですよ、記念館にはこういう感性が必要だって」

「ありがとうございます。薫子さんにはとてもよくしていただいて……」

　なんだかわからなくなって、うつむいた。

「吉野さんは努力家だからね。和紙にもすごく関心を持って、自分でもだいぶ勉強してるんですよ」

　お茶を持って出てきた藤崎さんが言った。

　それからしばらく記念館にはいってからの話をした。

　最初はびくびくしていたが、晃成さんもめぐみさんも、外見ははなやかだが気さくで聞き上手。いつのまにか、これまで作ったグッズや、美濃市で紙漉《かみす》きをしたときに感じたことなどをぺらぺらと話していた。

　父の話もした。晃成さんは、母が本好きなのは知っていたが、どんな本を読んでいるかまでは知らなかった、と言い、薫子さんが好きな作家の娘であるわたしが記念館のバイトをすることになった偶然に驚いていた。

「あの、ところで、おふたりはどうして日本にいらっしゃるんですか？　前にいまはヨーロッパ勤務だというお話をうかがったんですが」

　薫子さんの話が出たところで、気になっていたことを質問した。

「本社でもいろいろ改革が必要な時期ということもあって、社の今後を考えるために呼び戻されたんですよ」

晃成さんが言った。

「前からそういう話は出ていたんだけど、向こうの仕事もなかなか区切りがつかなかったんですよね」

藤崎さんが言った。お父さん、お母さんに対してなのに、藤崎さんはずっとですます調だ。会社だからだろうか。それとも社長の一族だし、家柄の問題？

「うん。わたしがやらなければならないことは一段落したし、ヨーロッパ支社もようやく人にまかせられる状態になったしね」

晃成さんが言っていた「社の今後を考える」という話が少し気になったが、そこまで訊いてはいけないかな、と思い、ただうなずいた。

「しかし、めぐみは戻ったと思ったらもう仕事がはいっているからね」

晃成さんが笑った。

「ああ、前にメールで言ってた……。今月末にリサイタルをするんだってさ」

藤崎さんがわたしに言った。

「まあ、一年くらい前にそういう話をもらって、ずいぶん前に日程は決まってたんだけどね。ほんとはその期間だけ日本に帰ってくるつもりだったんだけど、ちょうど帰国のタイミングと重なったってわけ」

めぐみさんが言った。

「休業してヨーロッパに行って、最初は過密スケジュールから解放されて、やったーって感じだったんだけど、しばらくしたら、やっぱり舞台のない生活はさびしい、って思うようになって」

　めぐみさんがふうっとため息をつく。

　前に聞いた話だと、めぐみさんは声楽家だが、ここ数年は仕事を休んで晃成さんといっしょにイタリアに滞在。若いころからヨーロッパの舞台にも立っているからイタリア語もペラペラで、イタリア生活を堪能《たんのう》している、ということだった。

「歌の稽古《けいこ》はずっとしてたのよ。クラシックだけじゃなくてポピュラーな楽曲も歌えるように、向こうの先生について鍛え直した。その音源を日本に送ったら、知り合いが気に入ってくれたの。それでリサイタルの話になって」

　めぐみさんの目がきらきらかがやき、ますますオーラが増す。

「ピアノの奏者とふたりだから、身軽なの。これまでも何度か向こうで合わせたんだけど、すっごく新鮮。明日《あした》は打ち合わせ、明後日《あさって》から稽古だから、それまでに時差ボケを直さないといけないのよね」

「というわけで、めぐみがばたばたしてるから、今週はホテル住まいにすることにした。来週の週末には家に戻るから」

「わかりました」

　藤崎さんは無表情にうなずく。そうか、これまでプライベートのことを考えたことがなかったけれど、藤崎さんはずっと実家でひとり暮らしだったのか。

一週間ホテル暮らし……。なんだかすごいなあ。はなやかな話に圧倒された。

薫子さんが、晃成は自由奔放だが人を惹《ひ》きつける魅力がある、って言っていたけど、その通りだ。それにめぐみさんのうつくしさ。特別着飾っていないのに、神々しいという言葉がぴったり。藤崎さんのお母さまということはうちの母より上だと思うけど、まったく年齢を感じさせない。

shizukuの淵山さんもモデル出身でとてもうつくしい人だったけど、藤崎さんは全然動じなかった。あのときは不思議に思ったが、こんなお母さまがいるならそれも当然だ。

それに……。めぐみさんの話し方に既視感があったが、あの押しの強さ、なんとなく紫乃《しの》叔母さんに似てる気がする。叔母もはっきりものを言うタイプで、藤崎さんに対しても、あんなにずけずけ言っちゃっていいのかとひやひやすることもあったのだけれど、藤崎さんからしたら慣れっこだったのかもしれない。

「一成にもこれ、渡しとくわね」

めぐみさんはバッグをあけ、細長い紙片を取り出した。

「コンサートのチケット。金曜の夜と土日があるけど、どれがいい？　土日も昼間は記念館があるから無理よね？」

「そうですね。金曜は遅くまで仕事ですし、土曜は打ち合わせの予定がはいってますから。日曜の夜にしておきます」

「吉野さんもよかったらいっしょにいらしてね」

めぐみさんはそう言って、微笑む。めぐみさんの歌……。聴いてみたい。

「ありがとうございます。うかがいます」

「ほんとぉ？　よかった」

めぐみさんが微笑む。うん、こういうところも叔母に似ている。

「あとね、一成にお土産があって……」

めぐみさんがさっきの大きな荷物をどんと自分の横に置き、なかのものを次々に机の上に出していく。

「旅行に行ったときとかに買い集めたのよ。こういうの、一成が好きかな、と思って」

見ると、レターセットやカード、包装紙や箱などの紙小物と、紙そのもの。藤崎さんの目の色が変わる。さっきまでとは打って変わって真剣な表情だ。

「このマーブル紙はフランスのものですか？　こっちはドイツのクライスター・パピアですね」

「そうそう、やっぱりくわしいわね」

めぐみさんがうれしそうな顔になる。

クライスター・パピア、知ってる。最初の紙こもの市に行ったとき、うつくしさに惹かれて、なにも知らずに買ったのだ。結局もったいなくて使えなくて、いまだにそのまま部屋に飾ってある。

中世の南ドイツで生まれた紙染めの技法である。

「このエンボス紙はロラン・ノグですか？」

「そう！　さすが！　フランスの人間国宝なんですって」

「ええ。以前日本でも、東京国立博物館で開かれた『フランス人間国宝展』に出ていましたからね。日本で開発された紙材を使っているんですよね。記事で読みました」

「きれいよね、この細かさ。すごい」

めぐみさんがうっとりした顔になる。たしかに信じられないほど細かいエンボス加工だ。人間国宝、という話だったが、ここまでいくと実用品ではなく、芸術品である。

「あとドイツで買ったレースペーパーでしょ、デッドストックの包装紙と……」

めぐみさんがどんどん紙を出してくる。

「あとこれ、コットンペーパー。このざらざら感がたまらないでしょう？」

ごわごわした分厚い紙だった。手漉《てす》きなのだろうが、どういうふうに漉いたらこんな紙ができるんだろう。薄くしなやかな和紙とは対極だが、これはこれで魅力的だ。

「西洋ではむかし布から紙を作ってましたからね」

藤崎さんが言った。

「布から？」

わたしは訊《き》いた。

「そう。西洋の紙についてはあまり話してなかったかな。古代エジプトでパピルスが使われてたのは知ってるよね」

「はい、世界史で習いました。paperの語源ですよね」

「そうそう。パピルスの原料は水草なんだけど、ヨーロッパではおもにパーチメント、つまり羊皮紙が使われていたんだ。羊、山羊《やぎ》、子牛などの皮を引き伸ばして表面をなめらかにしたものだ。丈夫で、綴《と》じて冊子にすることもできた」

藤崎さんによると、中国では紀元前から大麻や苧麻《ちょま》などの麻の繊維を用いた紙が作られており、それが八世紀ごろアラビア、十世紀ごろにエジプトに伝わり、普及していく。その製紙技術が十二世紀ごろにヨーロッパに広がっていった、ということらしい。

ヨーロッパでは衣料に使用されていた「綿ぼろ」、つまり木綿のくずが紙のおもな原料だった。最初はすべて手作業だったが、十五世紀に活版印刷が発明されると紙の需要が増え、工程がしだいに機械化していく。

「十九世紀になって木材を粉砕したパルプが発明されて大量生産が可能になった、というわけ。このコットンペーパーが西洋のもともとの紙の形なんだよ」

「和紙とはずいぶんちがうんですね」

「和紙といってもいろいろあるけど、流し漉きの紙の薄さ、しなやかさというのはちょっと独特のものだよね」

「でも、これも雰囲気があって素敵です」

「インドやタイにも手漉きの紙を作っている場所があるんだ。どれも和紙とはちがうけど、魅力的だよ」

藤崎さんはそう言って、コットンペーパーを見つめた。

「ずっと和紙ばかり見てきたけど、海外の紙にも惹かれますね。いつかいろいろな国の紙作りの現場をまわってみたい、とも思います。まあ、日本の紙も全部見たわけじゃないですからね。まだ行ったことのない場所もたくさんあるし」

藤崎さんは夢見るように天井を見あげる。紙の話をしているときの藤崎さんは、いつも生き生きした顔をしている。

「ああ、そういえば、今度インクの会社とのコラボで作ったインクの箱があるんですよ。これも吉野さんがすごくがんばってくれたもので……」

藤崎さんが自分の机の後ろの棚から小さな箱を持ってきた。モリノインクの関谷《せきや》さんたちと作った箱だ。「春の小川」「花火」「夕焼小焼」「雪」。最初は四季を感じさせる四曲を選んで、四種類のインクを作ったのだ。

「へええ。かわいい」

「型染めの手法を使ったんですよ」

結局、箱の本体は厚手の洋紙で作って、そこに型染めした和紙を貼り、インク瓶にも同じ和紙を貼った。

「これはなかなかいいね。和のうつくしさもあるし、海外でも売れそうな気がする」

晃成さんが箱を手に取り、じっとながめた。

「春の小川、花火、夕焼小焼、雪……。これって唱歌？」

インク瓶を見ていためぐみさんがつぶやく。

「はい。インクに詩的な名前をつけたい、っていう話で、シリーズを考えるところから手伝って。いまはそういう名前のついたインクが流行《はや》ってるらしいんです。和の言葉とか、地名とかすでに使われているものが多くて、シリーズを考えるのも一苦労で。童謡のタイトルを使うことを思いついたのも吉野さんだったんです」

藤崎さんが言った。

「童謡かあ。いいわねえ」

めぐみさんが「春の小川」を小声で口ずさむ。

はあるのおがわは　さらさらいくよー

かすかな声なのに、心を鷲摑《わしづか》みにされた。

春の風景がふわっと目の前に浮かぶ。一瞬だけだったのになんだか涙が出そうになり、やはり声楽家の声は全然ちがう、と思った。

3

一時間ほど話したあと、藤崎さんがもう一度ゆっくり館内を案内することになった。めぐみさんには引きとめられたが、せっかく久しぶりに親子三人なのだから邪魔をするのはよくないと思い、わたしはそこで帰ることにした。

翌朝記念館に行くと、いつも通りだった。藤崎さんは自分の机でパソコンを見ながらゆったりコーヒーを飲んでいる。だがソファを見ると、昨日のはなやかなふたりの姿がよみがえり、なんだかすごかったなあ、と思った。

「おはようございます」

「ああ、おはよう。昨日はすまなかったね。突然残業になってしまって」

藤崎さんが言った。

「いえ、そんなことは。お話を聞けて光栄でしたし、むしろ自分がしゃべりすぎてしまったんじゃないかと……」

相手は藤崎産業の重役と声楽家である。ふつうなら一介の大学生であるわたしが間近で接することができる相手ではない。しかもお話をうかがうべきところを、調子に乗ってぺらぺらしゃべってしまった。

「いや、あれは向こうが聞きたがっていたわけだから。祖母から話を聞いていたこともあって、ずいぶん関心を持っていたみたいだよ。昨日吉野さんが帰ったあとも、ずっと吉野さんの話をしてた」

「え、そうなんですか」

うわっ、と思い、顔が赤くなるのがわかった。

「まあ、あの人たちはちょっと変わってるからね。吉野さんが気を悪くしてないといいんだけど」

「え、なんでですか？　おふたりとも気さくで、すごく話しやすくて、素敵で……」

なにを言いたいのかわからなくなり、うつむいた。

「いや、そう思ってくれたならいいんだ。父も母も人にはない力を持っている、っていうか、いわゆる才能のある人間で、しかもその才能を開花させることができた。恵まれた人たちなんだ」

藤崎さんはちょっと目を伏せた。

「才能のある人間の常で、自分が人に与える影響をわかっていないんだ。だからだれとでもフランクに話せる。ただ、鼻持ちならないと感じる人もいるみたいだからね。まあ、吉野さんはそういう心配はないと思ってたけど」

そういう心配はない……。なぜ？　たしかにそんなことは思いもしなかったけど。

「いえ、ほんとにすごいなあ、って。インクのパッケージを見たとき、一瞬めぐみさんが歌を口ずさんだじゃないですか。あのときはもう鳥肌が立ちました。大袈裟《おおげさ》じゃなくて、涙が出そうになったくらいで……」

「そうか。僕が言うのも変だけど、あの人の歌は素晴らしいからね。僕はあの人の子守《こもり》唄《うた》で育ったんだ。だからふつうに考えたらすごい贅沢《ぜいたく》なんだろうけど、僕にとってはそれがあたりまえだった。だから学校で音楽の先生が歌うのを聞いても、なんかパンチが足りないな、とか思ってて……。いやなガキだよなあ」

藤崎さんが苦笑いする。なるほど、鼻持ちならない、とはそういうことなのかもしれない。藤崎さんからしたらそれは自慢じゃないんだろうけど、周囲からしたら自慢に聞こえるかもしれない。

「周囲とずれてるのがわかってからはできるだけ口をつぐむようになった。まあ、僕の場合は別に自分に才能があるわけじゃない。だから気づいたんだと思うよ。その点、あの人たちは天然だからさ。自分たちが人とちがうことはわかっていても、それが人の心に与える影響をまったくわかってないんだよなあ」

「うらやましがられたり、ねたまれたり、ってことですか？」

「そういうのもあるし……。ほかにもいろいろ」

藤崎さんはそう言って、宙を見あげた。

「でも、気づかなくていいと思うんだ。それがあの人たちのほがらかさを支えているんだし、そういうほがらかさが人を惹《ひ》きつけていくんだ。人目のことばかり考えていると、どうしたって人間は小さくなる。そういう人のところには人は集まらない」

「そういうものでしょうか？」

「そういうものだよ。人っていうのは、ありのままにふるまっている人間に魅力を感じるんだと思う。そうじゃないか？　綿貫さんだって関谷さんだって、shizukuの淵山さんや水引の西田さんだって」

たしかに、と思った。大スターというわけじゃないけど、どこか魅力的だ。

「まっすぐ、っていうのはそういうこと。みんな本能的にわかるんだよ、かがやいている人のことは。それをやっかむ人もいるだろうけど、それも含めて才能なんだ」

かがやいている人。今度の取材のことを思い出し、うわーん、と思った。

かがやいている、ってなんだ？　どうやったらかがやけるんだ？　いや、ほんとにかがやいていなくたっていい、かがやいているように見えさえすれば……！

いや、そんなことを考えている時点でダメなんじゃないか。まさに人目を気にして小さくなっている人間……。

「まあ、ともかくさ。僕は小学生のころに気づいたんだ。親は特別な人間だけど自分はちがう。特別な力はないし、あんなふうに天真爛漫《てんしんらんまん》にふるまうこともできない。すごいのは親なんだから、自分は透明にならないといけない、って」

藤崎さんはあたりまえのように言う。

いやいや、わたしから見たら藤崎さんもじゅうぶん特殊な人間なんですが……。

思わずそう言いたくなるが、説得できる自信はない。

基本的な顔立ちはうつくしいめぐみさん似で、輪郭は渋い晃成さんの雰囲気もあり、莉子にはイケメンと呼ばれているし、紙の知識もハンパなく、手先もめちゃ器用。ではあるが、容姿のことを言ってもしょうがない、というか、親にくらべて自分は、という話だから、親ゆずりの美点を述べても逆効果だろう。

「僕はとてもとてもあんなふうにはふるまえないからね」

わたしだって、父親が作家で母親は編集者。わたしも本が好きで文章を書いてみたいと思ったこともあったけど、実際に書いてみると自分の書いたものが凡庸に思えてやめてしまった。

でも、藤崎さんがそんなふうに思っていたとは。意外だが、少し親近感がわいた。

水曜日の午後、ウェブメディアの竹本さんが取材のために記念館にやってきた。山川《やまかわ》さんというカメラマンさんと、莉子もいっしょだ。

平日の午後の早い時間で、館内は空《す》いている。藤崎さんが受付に立ってくれたので、館長室で簡単にあいさつしてから、レクチャールームに行った。

「今日は取材に応じてくださってありがとうございます」

竹本さんはそう言って名刺を差し出す。竹本千草《ちぐさ》さん。メールのやり取りのときは名前の印象で日本的で落ち着いた雰囲気の人を予想していたが、実際はショートカットにパンツスーツが似合う活発そうな印象の人だった。

山川さんはもう少し年長の落ち着いた感じの女性で、長い髪をうしろでひとつに結んでいる。あいさつがすむと、さっそくカメラケースから大きなカメラを取り出した。

「わたしたちのメディアは、東京在住の若い層のライフスタイル応援、という意図で作られているんですけど、わたし個人はちょっとあたらしい生き方や暮らし方を提案したい、という考えを持っていまして……」

竹本さんが言った。山川さんが竹本さんの座っているソファの向こう側に立ち、シャッターを切る。なんだか緊張して、背筋がのびた。

「すごく斬新、というより、いままでも身近にあったのに見逃されてきたものに目を向けると生活の充実度が変わる、みたいな」

「むかしは『いいもの』というのは一部の豊かな人たちだけのものでした。でもいまはだれでも『ちょっといいもの』を求めています。だからわたしたちでも手の届く『ちょっといいもの』をもっと提案していけたら、と思ったんですね」

莉子も今日は見学という立場なので、部屋の隅に立って、竹本さんと山川さんの様子をじっと見ている。

「記念館が参加している『紙こもの市』もまさにそんな感じです。高価ではないけれど、個性的な品物がたくさん出ていて、作家さんと一対一で話せる。お客さまもみんな自分だけの『好き』を求めてやってくる感じで……」

考えながら答える。

「紙こもの市は行ったことがないんですが、手作り、クラフト関係のイベントやオンラインショップも増えてますよね。そういうところにも興味があります。それと、働き方、と言いますか……。大学出たら企業に就職、というだけでない生き方も紹介したいな、と思っていて」

「送っていただいた和菓子屋さんのお話のような？」

「はい、あの記事はわたしが担当したものなんです」

竹本さんがうれしそうに言った。

「わたしは自然が好きなので、自然とかかわる仕事をしている人を取りあげることが多かったんです。野生生物の保護活動をしている人とか、森林で働く人とか。あのときは知人から教えてもらったお菓子がすごくおいしくて、お店に行ってみたらとても素敵で、これはインタビューするしかない、と」

「そうだったんですね」

「和菓子には季節の材料を使うとか、名前にも形にもいろんな意味がこめられているとか、聞いたことはあったけど、自分とは遠い世界の話だと思ってたんですよね。お茶やお花をたしなんで、日々着物を着てるような人のものだと思ってたっていうか。それまで日本文化にもそんなに関心なかったですし」

竹本さんが言った。

「でも、ふたりの話がすごくおもしろくて、日本の伝統もいいなあ、って感じてたところだったんです。そこで荒船さんから吉野さんの話を聞いて、和紙っていうのもよく知らなかったんですけど、荒船さんからこちらのＳＮＳを教えてもらって、見たらすごく素敵で」

「ありがとうございます。ＳＮＳについては、荒船さんに教えてもらったんです。公開している写真も荒船さんが撮ってくれたものが多くて……」

わたしがそう言うと、竹本さんが、へえ、そうなんだ、と言って莉子を見た。

「あ、じゃあ、そろそろはじめましょう。お話録音させていただきますね」

竹本さんがボイスレコーダーを取り出し、セットする。

「まず、吉野さんはどうして和紙に興味を持ったんですか？　子どものころから親しんでいたんでしょうか？」

「いえ、そういうわけではなくて……」

もともと文具が好きだったこと、叔母《おば》に誘われて紙こもの市に行ったこと、そこで記念館のことを知り、和紙のうつくしさに惹かれて使い道もないのに和紙を何種類も買ってしまったことなどなどを話す。

「じゃあ、紙こもの市ではじめて和紙と出会った、ということなんですね」

「はい。ただ、紙自体にはむかしから縁があったんです。亡くなった父が作家で、子どものころいっしょに包装紙やチラシを使ってノートを作る遊びをしていたり……」

「ノートを作る？」

「ええ、いろいろな紙の大きさをそろえて、真ん中を綴《と》じるだけなんですけど。包装紙もチラシも片面に印刷されているので、できあがると絵本みたいになるんですよ。それが楽しくて、きれいな包み紙があるととっておいてノートにしてました」

「それは楽しそうですね」

「ほかにも、母の故郷が飯田《いいだ》で水引で有名だったり……」

「水引？　ああ、写真にあったものですね。最近はやってるみたいですよね」

「そうなんです。祖母がずっと水引を結ぶ内職をしていて。いまでも家のお正月の箸置《はしお》きやお年玉袋の飾りを自分で作っていて、子どものころからずっとそれを見ていたのに、これまでは全然意識していなかったんです。ここでバイトするようになって、紙のことをいろいろ学んだこともあって、今年のお正月に帰ったとき、祖母に水引の結び方を教えてもらったんですよ」

「まさに見慣れたものが急にかがやいて見えた、ということですね」

「そうです。最初に作ったのは組子障子のカードだったんですが……」

ファイルに準備していたカードを取り出す。

「写真では見ていましたが、実物はこんな感じなんですね。きれいですねえ」

竹本さんがカードを開いたり、裏返したりしながら見ている。

「この組子障子も、飯田の家に実際にあったものがモデルになってるんです」

「そうなんですか。こんな形の障子が……」

竹本さんが目を丸くした。

「古い家なのでどうしてそんなものがあるのかはわからなかったんですが、小さいころからその障子が好きで、飯田に行くたびによくながめていたんです」

あの家は建て替えのために取り壊されてしまったけれど、組子障子だけはあたらしい家のリビングの扉として生まれかわることになっている。

「だから、紙のうつくしさには親しんでいたし、紙でなにか作ったり、遊んだりもしていたんですよね。あまり意識していなかっただけで」

「それはみんなそうかもしれませんね。折り紙とか、切り絵みたいなことは幼稚園でも小学校でもたいていしますし」

「はい。きっと身体のどこかにその楽しさや、うつくしさの記憶が残っていて、ここで働くようになって、その記憶がふわあっと浮かびあがって、作品の形になっていったんじゃないかと……」

「子どものころの記憶が形に……。なるほど」

竹本さんがメモを取る。自分でもあまりちゃんと意識していなかったが、こうして言葉にしてみると、そういうことなのかもしれない、と思った。

紙の絵本や物語ペーパーの話もした。紙の絵本のもとになったのが子どものころ父と作ったノートだったことや、館長や前社長夫人の薫子さんが父の小説のファンだったこと、文字箱の綿貫さんとの出会い、物語ペーパーの企画がはじまり、いろいろな区の古書店に広がったこと、などなど。

竹本さんは父の小説『東京散歩』にも興味を持ってくれた。ここにはサンプルしかないが文字箱には『東京散歩』が置かれていると思う、と伝えると、帰りに寄ってみます、と言っていた。

これまで作ったグッズを見てもらったあと、記念館のなかを案内した。紙漉《かみす》きの工程のパネルや動画、展示されている紙漉きの道具、和紙の引き出し棚を見せながら、紙漉きのむずかしさや和紙の特徴について説明した。

紙漉きの話のときは、しぜんと身体が動いて、身振り手振りをつけて話していた。最初のうちは山川さんのカメラのシャッター音がするたびに緊張していたが、だんだん意識することがなくなっていった。

「和紙、奥が深いんですね。単にかわいい紙雑貨というだけじゃなくて、歴史がある」

「はい。記念館で働くことで、和紙の奥深さが少しずつわかるようになりました。和紙にくわしい館長や薫子さんと出会ったことも大きいと思います。お話を聞いていると、手元の一枚の紙から遠いむかしにつながることができる気がして。自分の生きる道はこれだ、と感じました」

「人との出会いで生きる道が見つかった、ということですね」

竹本さんがうなる。

「歴史というのも、子どものころはお勉強、みたいな感じがしていたんですけど、実際に紙漉きにたずさわっている人たちの話を聞くと、実感がわくと言いますか……」

「実感？」

「紙漉きってすごく手間がかかる仕事だったんですよね。木の皮を剝《は》いで、水にさらして、塵《ちり》を取って、そういう作業を全部人の手でおこなって、同じ品質のものを大量に作っていた。和紙の産地の美濃市で紙漉き体験をしたのもあったのかもしれません。この土地でずっと紙漉きがおこなわれていた、紙を漉いていた人がたくさんいた、と思ったら、なんだかちょっとじわっときてしまって……」

美濃を訪れたときのことを思い出しながら話した。

「ああ、少しわかる気がします。そこの土地に行くことで伝わってくるものってありますよね」

「そうなんです。むかしは剝いだ木の皮を川の水にさらしてたんですよね。だから紙漉きの集落は川沿いにあって、まわりを山に囲まれているんです。山と川をながめながらむかしの人たちの暮らしを想像するうちに、この伝統を守りたい、っていう気持ちがむくむくわいてきたんです」

「ここにおさめられている紙、全部人の手で漉いたものなんですもんね。浮世絵にしても古文書にしても、書かれているものにばかり目がいきますけど、当時は紙も一枚ずつ人が漉いていたんだと思うと……」

竹本さんは館内を見まわす。

「伝統を守りたい、という気持ちもよくわかりました。でも、実のところなかなかむずかしい、という面もあるんじゃないでしょうか」

そう訊かれてはっとした。薫子さんとも何度か話したことだった。

「むかしのような形で和紙が作られることも、使われることもないとは思います。でも別の形で残ることを信じているんです。わたしは和紙職人でもないし、この記念館のアルバイトにすぎませんから、できることはかぎられているんですけど、まずは若い層に和紙のことを伝えたいな、と思っているんです」

「若い層に……」

「たぶんわたしたちの世代だと、和紙に馴染《なじ》みがない人がほとんどだと思うんですよね。書道用紙くらいしか知らなくて、素敵な紙、おもしろい紙がたくさんあることを知らない。だから逆に、新鮮に映ると思うんです。知らない、あたらしいものに出会うように和紙に出会う。きっとびっくりするんじゃないか、って。わたしもそうだったので」

自分の気持ちをしっかり伝えたい。そんな思いで、ゆっくり考えながら話した。

「たしかに吉野さんがかかわってきたグッズは、あたらしさも感じますね。伝統にくわしくないからかもしれませんけど、わたしもこれまで見たことのないものを見た、と感じました。それでいて、なつかしさも感じる。さっきおっしゃっていたように、子どものころの記憶とつながってるからかな、とも思いました」

「意識してないけど、みんなどこかで目にしているんだと思います。見たこと自体は忘れちゃっているけど、どこかに残ってる。あと、いまの人たちが実際に使える形がいいな、とも思ってます。和紙本来の使い方とはちがうかもしれませんけど、実用的なものの方が手に取りやすいような気がするので」

「あ、わかります」

竹本さんが笑った。

「文具って、実用的だからつい買っちゃう、っていうの、ありますよね。付箋《ふせん》でもマスキングテープでも、ほんとはそんなに使わないのに、いつか使うかも、って」

「わたしも買ったけど使わないもの、たくさん持ってます」

わたしも苦笑いした。

「人に渡すもの、とか、人のために使うもの、って思うと財布の紐《ひも》がゆるみますよね。レターセットとかカードとか。自分のためのものだとひとつあればじゅうぶんなんだけど、人に渡すと思うと……」

竹本さんが言った。

「じゃあ、吉野さんとしては、今後もこの記念館での商品開発に取り組んでいきたい、という感じなんですね」

「はい。あとは、ワークショップも考えています。紙製品を売るだけでなく、紙で楽しむ方法を知ってもらいたい、というのもありまして」

「ワークショップ？」

「さきほどのレクチャールームを使って、これまでに水引や蠟引《ろうび》きのワークショップを開きました」

「それは楽しそうですね」

竹本さんが目をかがやかせる。

「わたし自身、紙漉きの体験をすることで、和紙がどういうものかよくわかった気がするんです。見ているだけ、聞いているだけだとわからないことが体感できる。ここでは紙漉きまではできないですけど、むかしから伝わる紙の使い方を学ぶような場を作っていけたら、と思ってます」

「体験することでわかる、というのはその通りだと思います。わたしもちょっと参加してみたいです。今後、なにか予定はありますか？」

「まだ日程などは決まっていないのですが、先ほどお話しした文字箱と紋切りのワークショップをしようか、と相談しています。以前開いた水引のワークショップも文字箱との共同企画だったんです。文字箱で関連書籍を扱い、ここでワークショップを開く、という感じで」

「紋切りというのは？」

「はい、むかしから伝わる切り紙細工です。あちらに飾ってある菖蒲《しょうぶ》の切り紙も紋切りで作ったものなんです」

受付の横の紋切りの飾りを指した。

「ああ、あれ……。はいってきたとき、きれいだな、と思いました」

「いろいろ図案があって、紙を折って切るだけで模様になるんです。最近は紋切りの本も出ているみたいで、本を書いた方にサイン会やレクチャーをお願いするのもいいかも、と話しています」

「そうしたワークショップも定期的におこなうと、お客さんにとってもいいんじゃないでしょうか。毎月第一と第三土曜日はワークショップの日、みたいな。常連さんもできる気がします」

竹本さんが言った。

竹本さんの言葉になるほど、と思った。定期的に続けるのが大切なのかもしれない。毎月季節に合わせてテーマを決めて……。今度藤崎さんに提案してみよう。

「今日はありがとうございました。吉野さんの思いも素敵ですが、まわりにいろいろな世代、いろいろな立場で、同じ思いを持った人たちがいたのも大きいんですね」

「はい。館長の伝手《つて》もあって、紙にまつわるさまざまな職人さんと出会うことができて、そのたびに発見があります」

「わたしも自分の大学の後輩がこんな素敵な仕事にたずさわっているのを知って、すごくうれしかったです」

竹本さんが微笑む。

「ワークショップの詳細が決まったら、また教えてください。うまく日程が合えば、また取材したいです」

そう言ってボイスレコーダーを切り、手帳を開いた。

「記事はいったんこちらでまとめて、来週末までに写真といっしょにお送りします。そこで内容を確認していただいてからの掲載になります」

うわ、写真……。途中からすっかり忘れていた。山川さんがカメラをバッグにしまっている。あのなかに写真が……。大丈夫かな。

「荒船さんもありがとう。すごくいい話が聞けて、助かりました。文章ができたら荒船さんにも送りますね」

「ありがとうございます。インタビューの仕方、すごく勉強になりました」

莉子がぺこっと頭をさげた。


竹本さん、山川さんとともに、莉子も記念館を出た。三人の乗ったエレベーターの扉が閉まると、終わったあ、とため息が出た。

最初は緊張していたし、写真のことも気になっていたけれど、竹本さんの聞き方がうまいからなんだろう、途中からはずいぶんたくさんしゃべっていたような気がする。ちゃんと伝わっているのか考えると、ちょっと怖いけど。

得るものもたくさんあったな、と思った。ワークショップを定期的におこなう、というアイディアもそうだ。社会人として経験を積んでいるからかな。いろいろな分野の人の話を聞いているのもあるかもしれない。

それに、自分がなぜ和紙に惹《ひ》かれるかについて、話すことで考えがまとまった気がする。これまでは薫子さんや藤崎さん、紙にかかわる人たちの思いに影響されたからだと思っていたが、自分の父のことや祖母への思いに深く結びついているのだ、と感じた。紙はわたしの根っこにもつながっている。これまでもぼんやり感じていたことではあるが、自分のなかですうっと筋が通り、なぜかすごく安心した。

その夜、莉子からメッセージが来た。

——百花、ありがとう〜〜〜。百花の話、すごくよかったみたいで、あとで竹本先輩に褒められたよ〜☆*:.｡.o(≧▽≦)o.｡.:*☆

きらきらの絵文字がうしろにはいっている。

——わたしのブログも読んでくれて、今度学生ライターとして記事を書かせてもらえるかも！

メッセージが続けてやってくる。

——え、すごい！　よかったね！

あわてて返信した。

——あのあと会社にお邪魔して、いろいろ話せたんだ。百花のおかげだよぉ。ほんと、ありがとう〜。

——ううん、わたしも参考になることがたくさんあったし。やっぱり社会人はちがうよね。

——そうだよねえ。わたしも現場に同行できて、すごく勉強になったよ。勇気出して百花を紹介して、ほんとによかった。

——やっぱ、莉子はすごいよね。ゼミにはいったばかりなのに、しっかりチャンスをつかんでるし。

——だって、わたしたちもう三年だよ。ほんとに行きたい道に進むには、みんなが就活はじめる前に手がかりつかまないと。

莉子の言葉にどきっとした。

わたしたちもう三年だよ。まだ三年じゃない。もう三年なんだ。

ほんとに行きたい道。わたしもこの一年でなにかをつかまないといけない。強くそうと思った。

莉子とのやりとりを終えたあと、竹本さんと話したワークショップの定期開催について考えた。あのときはぼんやりと藤崎さんに提案してみよう、と思ったけれど、それではつかみどころがない。もう少し具体的な形にしないと。

パソコンを開き、一行目に「ワークショップ企画案」と入力する。企画書、というほどでもないが、文書にまとめれば藤崎さんにも伝わりやすいはずだ。

でも、なにを書けばいいんだ？

まずは、ワークショップを「毎月」「定期的に」開催する、ということだよね。それから、開催内容。その月にリンクした内容で、できあがったものを持ち帰ることができて……。

ああ、まずこの条件をちゃんと文章化しておこう。具体的な例を挙げるのはそれからだ。さっき入力したタイトル「ワークショップ企画案」の前に「定期」という文字を書き入れた。

定期ワークショップ企画案

目的

・和紙に親しんでもらうため、むかしから伝わる紙の使い方や楽しみ方を伝える。

・実際に体験することで、和紙への理解を深めてもらう。

開催概要

・「毎月第○土曜」など日程を決め、定期的におこなう。

・場所は記念館のレクチャールーム。
・できあがったものを持ち帰れるようにする。
・やり方を覚えれば家庭でも簡単にできるものにする。
・ひとり三十分程度で、午後の数時間（十四時から十六時など）常時受付。
・数ヵ月に一度、講師を招いた本格的なワークショップをおこなう。

あとは、具体的な内容か。六月からはじめるとして、綿貫さんが言っていた紋切りは講師を招くわけだから少し先になるはずだろうし、初回はなにがいいかな。日が迫っているからすぐにできるものじゃないと……。

そういえば、天野さんが活版印刷の出張ワークショップもできる、って言ってたっけ。和紙に活版印刷っていうのもいいなあ。たとえば「活版印刷で暑中見舞いのカードを作ろう」とか？　ああ、でも、暑中見舞いを作るなら、七月の方がいいよね。

あとは、お正月前には年賀状もできるし、ポチ袋の作り方、なんていうのもいいかもしれない。これは十二月か。ああ、でも、十二月はお正月飾りみたいなものを作る方がいいかな。どんな飾りかはまた考えるとして。

講師を招かないといけないけど、モリノインクさんとガラスペンを使った手紙の書き方教室なんていうのもできるかも。これは秋かな。十月とか……。

紋切りは子どもでも楽しめそうだから、夏休み企画がいいかもしれない。ちょっと時間がかかるかもだけど、和紙を製本してノート作り、なんていうのもいいかも。紙漉《かみす》きもできたらいいけど、レクチャールームには水道がないから無理かなあ。

六月
七月　活版印刷の暑中見舞い
八月　紋切り（文字箱とのコラボ企画？）
九月　和《わ》綴《と》じのノート作り
十月　インクとペンを使った手紙の書き方教室（モリノインクとのコラボ企画？）
十一月　和紙のポチ袋作り
十二月　正月飾り

六月だけ決まらないが、あとは年末まですぐに埋まってしまった。今度記念館に行ったときにこれを藤崎さんに見てもらおう。書式を整え、プリントアウトした。

4

金曜日の朝、記念館に着き、館長室にはいった。
藤崎さんはすでに仕事をはじめている。集中している雰囲気で話しかけにくいが、いま書類を渡さないと閉館後になってしまう。それまで引っ張るとかえって渡しにくくなりそうな気がして、思い切って声をかけた。

「あの、すみません、見ていただきたいものがあるんですが」

藤崎さんが目をあげた。

カバンから書類を出す。うちで作ったときはちゃんとしているように見えたが、ここに来たとたんに自信がなくなった。だが、もう行くしかない!

「この前、ウェブメディアの人と話していて思いついたことなんですが、記念館で定期的にワークショップをおこなうのはどうか、と」

思い切って書類を差し出した。

「定期的なワークショップ?」

藤崎さんは書類を受け取り、目を落とす。

「これまで何回かおこなっただけですが、お客さまには好評でした。ただ見るだけではなく、そうやって紙に触れることで感じることもあると思いますし、生活のなかに取り入れてくれる方も増えるかと」

「ワークショップ自体はいいと思うが、定期的に、か……」

「定期的な方が、お客さまに定着するように思いました。リピーターになってくださる方もいるかもしれませんし……」

これまでならびくびくしてつっかえつっかえになっていたところだが、意外なほど落ち着いて、きちんと話すことができた。家で企画を練ったことで頭のなかがまとまっていたからかもしれない。

「わかった。少し考えておきます」

藤崎さんはそう言って紙を机の上に置いた。

夕方、藤崎さんがなにやら大きな荷物を持って館長室を出て、レクチャールームにはいっていくのが見えた。
あれはなんだろう？　ちょっと気になったが、販売コーナーにお客さまがいるので見にいくわけにもいかない。お客さまも多く、閉館時間まで販売コーナーの会計やお客さまへの対応に追われた。

藤崎さんはレクチャールームにはいったきりだ。閉館して入口の扉を閉めたあと、レクチャールームをのぞいた。

「藤崎さん、記念館、終わりました」

「ああ、もうそんな時間か」

藤崎さんが顔をあげた。

机の上に大きな紙が何枚も広がっている。皺《しわ》の寄った真っ白い和紙だ。たしかあれは、檀紙《だんし》だ。縮緬《ちりめん》状の皺が寄った厚手の高級和紙。包装や表具に使われるものだと藤崎さんから聞いた。かたわらに細く切った赤い紙や水引も置かれている。

その横に水引のかかった立派なご祝儀袋がならんでいた。机に広がった檀紙と同じ紙で作られている。藤崎さんが細長く折られた檀紙の上下をていねいにたたむ。ご祝儀袋と同じ形……。

もしかしてこのご祝儀袋、藤崎さんが折ったのか？

「さっきの企画案、見てみたよ。まだまだ詰めないといけないが、考え方自体は悪くないと思った」

紙を折る手を止めて、藤崎さんが言った。

「ほんとですか？　ありがとうございます！」

やった、と思いながら頭をさげる。

「内容の具体例も季節感もあるし、あんな感じでいいんじゃないかな。綿貫さんやモリノインクさんとのコラボについては相談しないといけないし、僕もほかになにかないか考えてみる。日程をどうするか、スタッフが何人くらい必要か、材料をどうするか、考えることはいろいろあるけど」

「材料……。たしかにそうですね。予算もありますし」

そこまで考えていなかった。まだまだだな、と少し反省した。

「水引のときは申し込み制で、最初からお客さんが何人来るかわかっていたから準備がしやすかった。立ち寄った人が気軽に参加できるという形だと準備がちょっとむずかしいかもしれない」

「和綴じのノートやお正月飾りは申し込み制にした方がいいかもしれないですね」

「いずれにしても、紙の調達は僕がするよ。レクチャールームも一度にはいれる人数はかぎられてるし、その時間内にどれくらいの人数をさばけるか、この前の蠟引《ろうび》きのときのことを参考に割り出してもらうのが先かな」

「わかりました」

「それと、例によって宣伝告知の方法だね。そのあたりは吉野さんに考えてもらおうと思う。少し準備期間が必要だろう？　六月の企画は思いついてないみたいだし、七月スタートにしようか」

「そうですね。そうしたら、まずはなにを決めなければならないか、考えてみます」

「うん」

藤崎さんがうなずいた。

「ところで、さっきから気になっていたんですが、その机の上に広がっているものはなんですか？」

「ああ、これか。ちょっと社長に頼まれてね。これから夏にかけて、社員や仕事の関係者のお祝い事が続くらしくて、祝儀袋をまとめて作ってほしい、と」

見ると、袋にかかった水引は、あわじ結びのもの、結び切りのもの、両輪《もろなわ》結びのもの、と三種類にわかれている。

「婚礼用とそれ以外の祝い事だと水引の結び方がちがうからね。うちはむかしから婚礼用は結び切り、それ以外は両輪結びにしてるんだけど、相手が関西の人の場合はあわじ結びにすることもあるし、用途によっていろいろで」

藤崎さんは水引を結ぶのもすごくうまいのだ。前に水引のワークショップのとき、藤崎さんがあわじ結びを作るところを莉子が動画で撮ったのを思い出した。

「いつも藤崎さんが折ってるんですか？」

「祖父は自分で折ってたよ。伯父《おじ》も折れないことはないけど、自分じゃ自信がないから、って。それでなぜかいつも僕が折ってるんだ」

藤崎さんが言った。

「いまはみんな買った袋を使うんだろう？」

以前、文字箱との打ち合わせでその話になったのを思い出した。藤崎さんはご祝儀袋を作るために水引ぐらい結べてあたりまえ、と言い、文字箱の井上《いのうえ》さんに、いまの人はみんな買ったものを使っている、と言われて驚いていたのだ。

「そうですね。自分で折ってる人は見たことないです」

「吉野さんはお祖母《ばあ》さまが水引を結ぶ仕事をしていたわけだから、いまさらご祝儀袋の説明をしても仕方ないと思うけど」

「いえ、祖母は結納の飾りを作る仕事はしてましたが、ご祝儀袋は作ってないんです」

「そうなのか。ご祝儀袋もそうだけど、むかしはものを贈るときは折形《おりかた》に包むのがあたりまえのことで……」

「折形？」

　またあたらしい言葉だ。

「紙を一定の形に折って、贈るものをなかにおさめる。金封だけじゃなくて、かつてはいろいろなものをそうやって包んでいたんだ。自分で紙を折って、水引をかける。僕の祖父母が子どものころはそうしたことを教えられ、練習するのがふつうだった」

「そういえば、祖母もそんなことを言ってました。良家の子女のたしなみだった、って。でも、折形という言葉を聞くのははじめてです」

「僕が考えるに、折形っていうのは単に見た目をうつくしくするためのものじゃなくて、一種の儀式なんだよ。人にものを贈るときには、穢《けが》れをうつしてはならない。だからなまの手ではなく、清浄なもので包まなければならない、ということ」

　清浄なもので包む……。机の上に広がった袋を見た。

「それが紙ということですか」

「うん。古くは、草木の葉や葉のついた枝だった、と言われている。いまでも神社の神《しん》饌《せん》はそうしたものといっしょに供えられているだろう？」

「鏡餅《かがみもち》の葉っぱみたいなものでしょうか」

「そう。鏡餅はもっとも一般化した神饌だよ」

　鏡餅の葉っぱにそんな意味があるとは。そう言えば、飯田の家のお正月飾りにも葉や枝を使ったものがあったな、と思った。

「日本は清浄であることをとても大切にする国なんだよね。神社では神饌を作るのも専用の建物でおこなうか、注連《しめ》縄《なわ》を使って結界を作り、精進潔斎した神職か氏子がおこなうものと決まっている」

「精進潔斎？」

「不浄や穢れを避けるために、飲食を慎んで、身体を清めることだよ。近親者に不幸があった者は不浄とされるし、神饌に息がかからないように口元を紙で覆うこともあるらしい。まあ、つまり、草木の葉は結界を作るためのもので、のちに紙も同じ役割を担うようになった、ということだ」

結界と言われるとファンタジー的なマンガやアニメを想像してしまうが、むかしはふつうに実在するものと考えられていたということか。

「僕ももちろん、そういう神秘的な話をすべて信じているわけではないけどね。でも、やっぱりなかに入れるものの清浄を保つ、という意識はなんとなくあるんだ。折形を折るときは手を清めるし、意識を集中していねいに折る」

儀式そのものだ、と思った。

「だから、市販の袋を使うというのには、なんとなく異和感があるんだ。ものを渡す儀式のひとつとして、包むことがある。祖母からそう教わってきたから」

机の上に広がった紙は白く、うつくしかった。

人は木の皮から紙を作った。そして、葉や枝と同じ役割を与えた。包んで、清浄を保つ。贈るものには直に触れず、包んで渡す。飾るというのとはちがうのだな、と思う。

「折形というのは便利なものでね。金封だけじゃなくて、立体的なものにかけることもできるんだ。もっと遊びの要素が強いものもあるよ。紙一枚でのりも使わず、箸袋《はしぶくろ》や封筒、ポチ袋、なんでもできる。ほら、こんな感じで」

藤崎さんは端に置いていた正方形の薄い紙を手に取り、折りはじめた。まず三角に半分に折り、長い辺を縦に置く。重ねたまま、直角になっている端が長辺につくように、縦に半分のところで折る。上の一枚だけ縦に半分に折る。開いた両側をさらに小さく蛇腹に折る。

そうすると、よく絵に描かれているような熨斗《のし》の形があらわれる。上下の三角部分を裏側に折りたたむ。真ん中に小さな熨斗がついたポチ袋ができあがった。

「うわあ、かわいいですね」

「白と赤の紙を重ねて折ると、紅白になってさらに熨斗らしくなる」

ハサミも糊《のり》も使わないのに、飾りがついた袋みたいになっていて、なかにたたんだお札を包むこともできる。

「折り方を工夫すればいろいろできるよ。この発展で胡麻塩《ごましお》包みというのもある。薬や胡麻塩みたいな粉状のものを包むための小さな折形で、鶴と亀がいたり、両側に熨斗がついていたり、すごく凝った形のものも作れる」

そう言いながら、薄い紙ですいと鶴のついた形の包みを折った。

またしても紙屋の御曹司パワーを見せつけられ、ただただ感心する。

「これ、ワークショップにも良さそうですね」

思わず言った。

「え?」

藤崎さんが不思議そうな顔になる。

「本格的なご祝儀袋も役立ちますけど、この小さな折形、好きな人が多いと思うんです。材料も折り紙でいいと思いますし」

「なるほど。こんなのはわざわざ教えるようなことでもないと思っていたが、みんな知らないのか」

「知らないと思います。大人になると折り紙もしなくなりますし、鶴くらいしか折れない人が多いんじゃないかと。折り紙とちがって実用的ですし、さっきのご祝儀袋の説明もすごく興味深かったですし……」

そこまで言って、企画案の予定表で六月が空いていたことを思い出した。

「あ、そしたら、六月は折形にしてもいいんじゃないでしょうか。材料を折り紙にすれば調達しやすいですし、余ったら切り紙にまわしてもいいですし」

「なるほど、そうだな。吉野さんがいいと思うなら、試しにやってみてもいいかもしれない。折り方はどうする? いくつか種類があったほうがいいんじゃないか」

「水引のときと同じ三種類くらいはほしいですね。伝統的なものですし、単に作るだけじゃなくて、この回は少し長めに時間を取って、最初にレクチャーも入れたいですね。折形とはなにか、最初に藤崎さんから講義してもらって……」

「僕が？　いや、僕は講義はできない」

　藤崎さんが即座に言った。

　できない？

「実作のときの個々の参加者への指導はわたしたちの方でしますし、十分くらいでいいんです。時間、取っていただけないですか？」

「時間の問題じゃなくてね。僕は人にものを教えるのが下手なんだ。前にも話したと思うけど、人に教えるときも人から教わるときも、たいてい喧嘩《けんか》になってしまう」

　そういえば水引のワークショップのときそんなことを言ってたっけ。

「解説を紙にまとめることならできると思うよ。折り方も三種類くらい、紙に書いておくからそれを見て練習してもらって……」

　印刷されたものはあとで読み返せるよさはあるんだけど、やっぱりはじめての人にとっては、人が目の前で説明してくれた方が頭にはいる気がする。わからないことがあったら質問できるし……。

　いろいろ考えると、定期的にワークショップをするためにも館長がレクチャーするのがいちばんいいんだけどな。紙に関してはだれよりもくわしいし、さっきの説明だっておもしろかったし。

「でも、解説を読むより話を聞いた方が……」

「定期ワークショップという企画自体はいいと思うよ。六月に折形も悪くない。資料やサンプルも作るよ。でも、僕がレクチャーするのは無理だ。人には得手不得手というものがある。できないものはできない」

藤崎さんはそう言い切った。とりつくしまもない。

「わかりました」

これ以上主張するとワークショップの開催自体が危うくなる気もして、とりあえず引きさがることにした。

「あ、そうだ。ちょっとおつかいを頼んでもいいかな？」

藤崎さんが言った。

「おつかい？　いまからですか？」

「いや、今日じゃなくて、来週の水曜日。午前中、できあがったご祝儀袋を本社に届けてほしいんだ」

「え、それってまさか、社長に、ってことですか？」

たじろいで訊《き》いた。

「そうそう。といっても社長は忙しいし、渡すの自体は一瞬だよ。ほんとは僕が届けるべきなんだけど、その日は昼過ぎに来客があるから、午前中準備でちょっと忙しくてね。吉野さん、まだ本社を見たことがないだろう？　それにその日は、祖母も本社にいる予定だから」

「薫子さんが？」

「そう。午後に会合があるんだよ。いろいろ用事もあるみたいで、午前中から行っているらしい。さっき電話で話したら、吉野さんと話したいって言ってたよ」

薫子さんとは会いたいが、本社か……。緊張するなあ。でも、いつかは行かなくちゃならない。入社試験を受けるなら、どんな会社か見ておく必要がある。積極的に竹本さんの会社に行った莉子を思い出し、行くしかない、と思った。

「わかりました。がんばります」

「いや、別にがんばるほどのことじゃないよ。単なるおつかいだから」

藤崎さんはめずらしくちょっと笑った。


仕事が終わり、記念館を出る。最後はおつかいの話になってしまったが、ひとりになるとまたレクチャーの件を思い出した。

藤崎さんの性格からして、レクチャーが苦手というのはわからないでもない。教えたり教えられたりすると喧嘩になる、というのも。とはいえ、これまでは記念館のためであれば、多少自分の考えとちがっても受け入れてくれていた。

レクチャーに関してだけ、なんであんなにかたくななんだろう。

喧嘩になるって言ったって、それは若いころのことで、いまだったら大丈夫なんじゃないだろうか。

若いころ……。

そうだ、綿貫さんならなにか知ってるかもしれない。綿貫さんは大学時代の藤崎さんの先輩だ。最初に会ったとき、学生時代の藤崎さんのことをいろいろ話してたし……。

約束もしてないし、迷惑かな。でもちらっと寄ってみて、忙しそうだったらまた今度にすればいい。ワークショップを定期的におこなう案についても、綿貫さんの意見を聞いてみたいし。

とりあえず行ってみよう。方向を変え、文字箱に向かった。

扉を開け、店の中を歩いて綿貫さんを探す。古書の棚の前にしゃがんでいる綿貫さんを見つけ、声をかけた。

「こんにちは」

「ああ、吉野さん。こんにちは。バイトの帰り？」

綿貫さんがふり返り、立ちあがる。

「はい。ちょっと綿貫さんにお訊きしたいことがあって……」

「訊きたいこと？　なんだろう？」

「いま、お時間大丈夫ですか？」

「あと三十分くらいで来客があるんだけど、少しなら」

綿貫さんは整理していた本を棚におさめた。

「実は、記念館のワークショップを定期開催にしたいな、と思ってまして」

はじめから藤崎さんの過去の話というわけにはいかず、そこから切り出した。

「定期開催？」

「はい。講師を招くような大がかりなものじゃなくて、その月に合ったテーマで気軽に参加できるものづくり体験、みたいなイメージです。毎月第三土曜日とか開催日を決めて、定期的に開催できれば、と」

「ああ、いいんじゃない？　定期開催にすればリピーターも期待できるし」

綿貫さんがほがらかに言う。

「運営はたいへんそうだけど、集客にはつながりそうだね。具体的にはどんなことをするの？」

「物語ペーパーの印刷を請け負ってくれた川越の三日月堂さんが、活版印刷の出張ワークショップもできる、っておっしゃってたので、活版印刷の暑中見舞い作りとか、和紙を使ったノート作りとか……。何ヶ月かに一度は文字箱さんやモリノインクさんとのコラボで少し大がかりなことを入れられたら、と思ってます」

「ああ、紋切りの話もあったよね。いま井上さんと相談してるよ」

綿貫さんはうなずきながらそう言った。

「紋切りは子どもでも楽しめそうなので、夏休み企画というか、八月がいいかな、と思ってるんですが」

「そうだね。これから日程調整するなら八月あたりが現実的だし。ただ、講師を招く場合は先方の都合もあるから、定期開催の日程と合うかどうか……」

「もちろん、その場合はずらします。早めに告知を出すようにすればいいと思いますし」

「なるほど。じゃあ、紋切りについては具体的にどうするか、また井上さんも含めて一度相談しましょうか」

「わかりました。それで……」

綿貫さんもお仕事があるし、あまりダラダラとしゃべるわけにはいかない。藤崎さんのことを切り出すことにした。

「実は、初回、六月のワークショップを『折形』にしたいと考えていまして……」

「『折形』？」

「ご祝儀袋のようなものを作る、伝統的な紙の折り方です。藤崎さんによると、むかしはものを贈るとき、みんなそうして自分で紙で包み、水引をかけていたとか」

「ああ、なるほど。藤崎くんはそういうの、くわしいからね」

綿貫さんが笑った。

「藤崎さんの折ったものを見たんですけど、とても素敵でした。市販のものとはちがう『包む心』のようなものが感じられて……」

「僕ももらったことがあるよ。この店の開店祝いとしてね。なんとも言えないふくらみがあって、ちょっと感動したんだよなあ」

思い出すように言って目を細めた。

「ワークショップ自体は、もう少し遊びがあって日常使いできるポチ袋のようなものにしたいと思っているんですが、『折形』についての藤崎さんの解説がとてもおもしろかったので、ワークショップでもレクチャーしてほしい、と頼んだんですけど……」

「断られた？」

綿貫さんが即座に言った。

「はい。なぜわかったんですか？」

「人にものを教えたり、教えられたりが苦手、って言ってなかった？」

「そうなんです。教えたり、教えられたりすると喧嘩《けんか》になるって」

「そうか。まだ気にしてるんだなあ」

綿貫さんがため息をつく。

「なにかあったんですか？」

「むかしのことなんだけど。でも時間が経ってもそうそう忘れられないか、ああいうことは」

綿貫さんはそこまで言って口をつぐんだ。

「藤崎くんは子どものころから周囲とあまりうまくいかなかったみたいで……。ふつうの子どもとは感覚が合わなかったんだろうな。はっきりものを言ってしまうから、きつい、と取られることも多かったみたいで」

なるほど、と思った。たしか、いとこの浩介さんとのトラブルもそういうことが原因だった。

「自分がなにか言うと相手が離れていく。それがいやだったんだろうな。大学時代もあまり友だちを作らず、ひとりでいることが多かったみたいだ。でも、ゼミでひとりだけ臆《おく》さずに接してくれた女子学生がいたらしいんだよ」

　綿貫さんがため息をついた。

「これはまあ、直接見たわけじゃなくて、あとで教授から聞いた話なんだけどね。ゼミでふたり組で作成する課題が出て、藤崎くんはその女子と組んだ。はじめはうまくいっていて、教授もほっとしてたみたいなんだけど、あるとき急にその女子学生がゼミに出てこなくなってしまったらしいんだ」

「そんなことが……」

「教授が問いただしたところ、藤崎くんの言葉にショックを受けたみたいで。ただ、具体的になにを言われたのかは、いくら訊いても話してくれなかったらしい。彼女はそれ以来ゼミに来なくなり、結局、別のゼミに移ったんだ」

「ゼミを移った？」

「ふつうはそんなことできないだろうけど、教授の計らいもあったし、受け入れ先もあったみたいで。ほかのゼミ生もみんな察していたんだと思う。なにごともなかったようにふるまってはいたけどね」

　そんなことがあったのか。

「それからますます藤崎くんはほかの人と距離を取るようになった。人を傷つけずに話す方法がわからないから、必要以上に人と近づかないようにしていたのかもしれない。彼なりの思いやりなのかなあ、って」

　わたしが記念館に通うようになったときも、はじめのうちは妙な距離があった。あのころは単に人見知りなのかと思っていたが、あれもそういうことだったのかもしれない。レクチャーしたがらないのもそういうことか。

「でもさ、教授も僕も、藤崎くんの言動にいろいろと問題があるのは認めつつも、実力があることも、心根が真っ直ぐなのもわかってたし……。なにより、人間として好きだったんだ」

　綿貫さんが笑う。それもわかる、と思った。

「ごめん、もう少しゆっくり話した方がいいんだけど、そろそろ準備をしなくちゃいけないんだ」

「いいえ、わたしが約束もせずに来てしまったせいです。すみません。でも、藤崎さんがレクチャーをしたがらない理由はよくわかりました。ありがとうございます」

　そう言って、頭をさげた。

「いまの話は本人にはないしょだよ。知られるといやな気持ちになるかもしれないし」

「わかりました」

「でもね、僕は藤崎くんはもう大丈夫なんじゃないかって思ってるんだ、ほんとはね。最近の藤崎くんを見てるとそう思う。どうやって伝えたらいいのかわからないけど」

もう大丈夫……。綿貫さんのその言葉を聞いて、ぽっと心があたたかくなった。

「じゃあ、ごめん。また紋切りのことも含めて、一度打ち合わせしよう」

「ありがとうございました」

そう答えると、綿貫さんはにこっと笑って手を振って、レジの方に歩いて行った。

5

水曜日、開館後しばらくして、本社に行くため記念館を出た。はじめて社長の前に立つわけで、今日はちゃんとスーツを着てきた。藤崎さんから預かった風呂《ふろ》敷《しき》包みを入れた紙袋を持ち、駅に向かう。

本社があるのは馬《ば》喰《くろ》横山《よこやま》。馬喰横山駅の近くだが、日本橋から行く場合は、馬喰横山駅と接続している都営浅草《あさくさ》線の東《ひがし》日本橋駅から歩くことになる。

地下鉄に乗り、東日本橋へ。地上に出ると、日本橋のような大きな店や建物はなく、オフィスビルやマンションがならんでいる。馬喰横山駅の方に向かって歩き、大きな交差点を右に曲がった。

広い通り沿いはオフィスビルばかりで、日本橋のようなにぎやかさはない。建物もどことなく昭和の香りが漂っている。こういうところなのか、と思いつつ、スマホの地図アプリを見ながら進んでいった。

社長ってどういう人なんだろうな。薫子さんは、晃成さんが自由人なのに対して、社長は堅実と言っていた気がするけど……。よく考えたら、社長はあの浩介さんの父親じゃないか。浩介さんと似たタイプだったらどうしたら……。

でも、わざわざ藤崎さんにご祝儀袋を頼むくらいなのだから、浩介さんとちがって、和紙への思いはあるはず。それにむずかしい人だったら、藤崎さんもさすがにわたしひとりで行けと言わないだろう。……たぶん。

少し歩くと「藤崎産業」の看板が出たビルが見つかった。記念館がはいっているビルよりはあたらしく、大きい。一階の受付で記念館からの使いであることを告げると、六階の社長室に行くように言われた。

いきなり社長室？　びくびくしながら奥にあるエレベーターに乗り、六階のボタンを押す。記念館のビルのエレベーターにくらべてずっと広くて立派である。

六階につき、扉が開いた。出ると廊下で、しんとしていた。いくつかドアがあるがどれも閉まっている。受付の人の指示通り、廊下を右に進んだ。つきあたりのドアの上に「社長室」と書かれていた。

ここか……。緊張するなあ。

まず、ノックかな？

ふう、と深呼吸したとたん、なかからドアが開いた。

うわっ。

思わず声が出そうになり、おさえた。

「百花さん、いらっしゃい」

なかから朝子さんが顔を出した。薫子さんの秘書、瓜生《うりゅう》朝子さんだ。

「こ、こんにちは」

そういえば、薫子さんも本社に来ている、って言ってたっけ。当然朝子さんもいっしょだろう。でも、まさか社長室にいらっしゃるとは……。

「失礼します」

できるだけ大きな声で言って、頭をさげた。

「ああ、記念館の人か」

奥の方から男の人の声がした。よく響く、太い声。がっしりした身体つきの年配の男性が大きな机の向こうに座っていた。この人が社長か……。顔立ちは少し浩介さんと似ているが、表情は穏和な感じだ。ほっとして前に進む。

「館長からのつかいで、こちらをお持ちしました」

社長の机の前でお辞儀をして、袋を差し出した。

「わざわざありがとう」

社長が立ちあがり、袋を受け取った。

「それが一成の作ったご祝儀袋？」

薫子さんが訊《き》く。

「そうだよ」

「見せて、見せて」

薫子さんに言われ、社長が風呂敷包みを取り出す。薫子さんが包みをほどいた。

「越前《えちぜん》の檀紙《だんし》ね。やっぱり手漉《てす》きの檀紙はいいわねえ。水引もきれいに結べてる」

ご祝儀袋を見ると、薫子さんは目を細めた。

「もう手漉きの檀紙はなかなか手にはいらないようだからね。うん、きれいだな。さすが一成くんだ」

社長は袋を確認し、またていねいに風呂敷にくるんだ。

「記念館の方はどうですか？　問題はないですか」

社長が訊いてくる。おだやかな声で、浩介さんとはちがうタイプみたいだ。

「はい、おかげさまで」

ほっとして答える。

「今日はありがとう。わたしはこれから昼食会に出るが、母が話したいようだから、ゆっくりしていってください」

社長はそう言って出口に向かった。

「ありがとうございます」

そう言って頭をさげ、扉が閉まる音がするのを待った。

「百花さん、こっちこっち」

顔をあげると、いつのまにか三人がけのソファに薫子さんが座っている。薫子さんがにこにこ微笑んでいるのを見たとたん、緊張がほぐれた。

「失礼します」

向かい側に座る。

「緊張したでしょ？」

「はい」

わたしが答えると、薫子さんも朝子さんもくすっと笑った。

「浩介のこともあるものね」

「え？」

「朝子さんからいろいろ聞いてるわよ。百花さんにも心配かけちゃったわね」

「え、いえ、それは……」

薫子さんにとっては浩介さんも孫なのだ。気に入らないと感じているのを口に出すわけにはいかなかった。

「でも大丈夫よ、雄一《ゆういち》は記念館のことも大事に思っているから」

薫子さんが微笑む。よかった。少し安心した。

「わたしたち一族にとって、記念館は自分たちのルーツにかかわる大事なものなの。浩介は不要論を唱えたりしてるみたいだけど、だれも潰《つぶ》そうなんて考えてない」

えっ、と思った。朝子さんは、不要論のことは社長も薫子さんも知らないはず、と言っていたけど、その後状況が変わったらしい。

「ただ現実問題として、記念館のはいっているビルの取り壊しが正式に決まったの。記念館の営業も、来年の春までになると思う」

来年の春……。近々とは聞いていたが、具体的な日程を聞くとやはりショックだった。ワークショップの企画も年末までは考えて、そのあとをどうしよう、などと考えていたが、営業が三月までとしても、そのあとは三回しかないってことだ。

「いまの記念館と同じものを作ることはできない。単純に場所の問題でね。あのビルがなくなったら、うちが自由に使える場所はこの本社ビルしかない。でもスペース的に空きがない。せいぜい会議室を一室改装するくらい。とてもいまの記念館の規模は保てないし、日本橋にくらべたら来館者の数も見こめないでしょう？」

たしかにその通りだ。最近は記念館に訪れる人たちも増えた。けれどもそれは日本橋という土地柄あってのこと。記念館自体が単体で人を呼べるだけの魅力のある施設にならないと、いまのような集客は無理だろう。

「でも、最近の記念館の活動が藤崎産業の知名度をあげてるって評価する声もないわけじゃないのよ」

「ほんとですか？」

「まあ、まだまだ少数だけどね。ワークショップを定期的に開催したい、っていう案、一成から聞いたわ。とてもいいと思う。百花さんが来てから、記念館に以前のような活気が戻ってきた気がして、すごくうれしいの。オリジナルグッズもすばらしいし。せっかく盛りあがっているんだもの、この火を絶やしたくない、と思ってる」

「ありがとうございます」

「雄一もね、伝統うんぬんというより、藤崎産業の生き残りのために、ブランド力を高めないといけない、と感じてるみたい。ペーパーレスな時代になってきてるでしょ？　紙屋の存在意義を示すためにもブランド力を高めなくちゃいけない。そのためには社の歴史を生かした文化事業に取り組むべきなんじゃないか、って。でも、どうやったらそれが実現できるのかがわからない。晃成を呼び戻したのも、そこを相談したかったからだと思う」

そういうことなのか。この前会ったとき、晃成さんが「本社でもいろいろ改革が必要な時期」と言っていたのを思い出した。

「でも、どういう形にするか決まるまでにはまだまだ時間がかかる。だから、さしあたって紙漉《かみす》き道具のような大きなものは会社の倉庫、紙はわたしの家に保管しようと思っているの」

薫子さんが言った。

「わかりました」

せっかく整えた展示物がしまわれてしまうのはさびしいが、こればかりは仕方ない。

「わたしとしては、記念館を再開することについて検討するのは先になるとしても、次につなげるために和紙文化を広めたりする活動は続けていくべきだと思ってるの。グッズ作りとか、ワークショップとか。だから記念館がなくなったあとも、百花さんがアルバイトに来られるうちは本社でその仕事を続けてほしい」

「えっ、いいんですか？」

思わぬ言葉に驚いた。

「卒業後どうするかは百花さんの考えもあると思うし、会社として今後どうするかということによっても変わってくると思うけど」

薫子さんが言った。

「わかりました。がんばります」

背筋をのばして言うと、薫子さんはほっとしたようにうなずいた。

「ところで、百花さんはこれからどうするの？　すぐに記念館に戻らないといけない？　せっかくだから、いっしょにランチでもどう？」

薫子さんの行く店だから、相当高いにちがいない。そしてまた奢《おご》ってもらうことになってしまうのかも……。でも、せっかくのお誘いである。

「はい、よろしければ」

「じゃあ、小伝馬町《こでんまちょう》駅の近くに気軽にはいれるフレンチがあるから、そこに行きましょ」

薫子さんがにっこり微笑んだ。

朝子さんと三人で会社を出て、小伝馬町に向かって歩く。途中小道にはいってしばらく行くと、ビルの一階にあるガラス張りの入口が見えてきた。あかるく洗練された雰囲気のお店だ。スーツで来てよかった、と思いながら、店内にはいった。

ランチはとてもおいしかった。前菜もメインもていねいに作られていて、見た目もうつくしい。さすが薫子さんおすすめのお店だと思った。

「さっきも少し話したけど、ワークショップの企画、とてもいいわね」

薫子さんが言った。

「具体案も聞いたわ。折形に和綴《わと》じ、紋切り、お正月飾り。どれもおもしろそうだし、お客さまに紙のことを伝えるのにぴったりな企画だと思う。活版印刷やインクのイベントも興味を持ってくれる人が多そうで、とってもいいと思った」

「ありがとうございます。わたし自身、一年間記念館で働いてきて、はじめて触れて感銘を受けたことを中心に企画しようと思ったので……」

そこまで言ったところで、ふと、薫子さんに折形の講師をお願いできないかな、と思った。藤崎さんも薫子さんから折形を習ったんだろうし……。

さすがに前社長夫人にお願いするのは失礼かもしれない。でも、薫子さんなら素敵なお話をしてくれるにちがいない。

「あの、すみません、折形のワークショップ、この前の水引のときのように、折形の伝統もいっしょに伝えられたらな、と思っていて……」

「折形の精神や歴史のことも伝えておきたいものね」

「それで、あの、薫子さんに講師をお願いできないでしょうか」

思い切って言った。

「え、わたし？」

薫子さんが目を丸くする。

「これまで、薫子さんからうかがった紙の話がどれも印象的で、感銘を受けていたんです。来館者の皆さんにとっても、得難い機会になるんじゃないかと」

「そうねえ。できないことはないけど、でも……」

薫子さんが首をひねった。

「そういうことなら一成にしてもらった方がいいんじゃないかしら。わたしが知っていることはすべて教えたし、その後も自分でいろいろ調べているだろうから、いまはわたしよりよほどくわしいと思うの」

その言葉に、うっ、と詰まった。

「いえ、あの……。実は藤崎さんにはすでに講師をお願いしたんです。でも、断られてしまって」

口ごもりながら答えると、薫子さんが笑った。

「やっぱりね、そんなことじゃないかと思ったのよ」

「自分は人になにか教えたり、教えられたりが苦手で、とおっしゃって、できないものはできない、と。いろいろむかしの話を聞くと、そういうことなら仕方ないのかな、とも思うんですが……」

綿貫さんに言われたことをそのまま伝えるわけにもいかず、少しぼかしてそう言った。

「なるほどねえ。子どものころ、浩介ともいろいろあったし、学校でもずっと人づきあいがうまくいってなかったみたいだから……。まあ、本人はひとりでいるのが好きだから、それを気にしているふうでもなかったんだけど」

薫子さんが言った。

「でも、それはむかしのこと、と言いますか、いまはちがうんじゃないか、と思ってるんです。綿貫さんもそうおっしゃってました。仕事でもいろいろな方と接してますし、わたしも記念館で働く上で困ったことはないですし」

まあ、はじめはちょっと怖かったけど……。

「ほんとにね、綿貫さんにも百花さんにもすごく感謝してます」

薫子さんがわたしをじっと見た。

「百花さんに頼まれれば講師でもなんでもします、と言いたいところだけど、今回はやめておきます。やっぱり一成がやるべきだと思うから」

「えっ」

「一成は賢いから、ただやりたくないだけじゃない。トラブルになることをおそれているんだと思うのよね。でも、そんなふうに記念館に閉じこもってわかり合えるお得意さんとだけ接していたら、あっというまに頑固爺《じい》さんになっちゃう」

その言葉に、朝子さんがくすくす笑う。

「頑固爺さんって、一成さん、まだ三十前ですよ」

朝子さんが言った。

「こういうのは年齢とは関係ないの。気持ちの問題よ。七十代でも少年のような人もいれば、三十前でもすでに心が錆《さ》びついてる人もいるでしょ？　いろんな人と接するのが大事なのよ。記念館の今後のためにも、ここは表に立ってもらわないと」

薫子さんが胸を張って言い切った。

「だいたい、あの子ははなやかな親に育てられたせいで小さいころから……。百花さん、晃成たちに会ったんでしょ？」

「はい。このあいだ記念館にお越しくださって……。素敵な方ですよね、晃成さんもめぐみさんも。はなやかで、すごく魅力的で」

「めぐみさんは正真正銘の歌姫ですもんね。容姿も立ち居ふるまいもうつくしい、大輪の花。それに人柄もね、太陽みたいにきらきらかがやいている。わたしもはじめて会ったとき、びっくりしたもの。世の中にこんなきれいな人がいるのか、って」

「そうだったんですね」

「晃成も、子どものころからなぜか目立ってたのよね、成績はそれほどでもなかったのに。だれに似たのかしら、派手な場所にも臆《おく》さず出て行って、社交がうまくて。でも、たぶん、一成にはそれが重荷だったんだと思う」

　薫子さんはため息をついた。

「重荷？」

「子どものころから、子どもらしいところがなかったのよね、一成は。ほら、親ってどうしても、子どもが主役、って感じになっちゃうでしょう？　浩介のところもそう。躾《しつけ》にはきびしかったけど、いろいろな習いごとをさせたり、すごく大事に育てていた。だから天狗《てんぐ》になることも多かったけど、子どもらしいとも言えた」

　浩介さんの家……。さっきの社長の顔を思い出し、なんとなくわかる気がした。

「子どもが主役で、親はそれを支える影。そういう家も多いと思うけど、一成のところはちがったのよね。親が主役なの。一成をないがしろにしてた、ってことじゃなくて、晃成もめぐみさんも、影にはなれない存在だった、っていうだけなんだけど」

　たしかに。あのふたりは影にはなれそうにない。

「一成、小さいころうちに来たときに、僕はなんで生きてるんだろう、って言ったことがあるの。僕がいなくてもだれも困らないし、って」

「そんなことを？」

「うん。別に、辛《つら》いとか苦しいとか、そういう口調じゃなかった。ただ、純粋に生きてる理由がよくわからない、ってことだったと思うの。だからこそ余計心配になった。一成は父親のことも母親のことも好きだった。大好きだったのよ。自分より親の方が大事だったくらいで」

「そういえば、この前お話ししていたとき、藤崎さん、言ってました。子どものころ、親は特別だけど自分はちがう、すごいのは親なんだから自分は透明にならないといけないと思った、って」

「透明……。そんなふうに思ってたのね」

薫子さんがため息をつく。

「でも、わたしからしたら藤崎さんも特別な人だと思うんですけど。和紙にもくわしいし、手先も器用で……」

「一成が感じる光っていうのは、そういうものとはちょっとちがうのよね、きっと」

「そうなんでしょうか」

「小さいころから一成はまわりとうまくいかなかった。ほかの子たちとはちがうものを見て育ってきたからかもね。でも一成からしたら、それは自分の実力じゃない。だからうらやましがられても空虚だったんだと思う」

だから「透明にならないと」ということなのか。

「そんなこんなで、妙にわきまえた年寄りくさい子になってしまった」

「でも、紙に関する知識は、藤崎さん自身のものじゃないですか」

「そうねえ、でもそれもわたしから習ったことと思っているのかも。ほんとはいまはもう一成の方がくわしいと思うんだけど」

　薫子さんは少し困ったように笑った。

「わかりました。わたし、もう一度藤崎さんに頼んでみます」

「ほんとに？」

　薫子さんが目を丸くした。

「理由はともかく、閉じこもってたらいけない、っていうのはその通りだと思いますし。わたしが言ってもダメかもしれませんけど、挑戦してみたいんです」

　わたしがそう言うと、薫子さんと朝子さんが顔を見合わせ、微笑んだ。


　記念館に戻り、ご祝儀袋を無事届けたこと、薫子さんと食事をしたことを報告し、受付に立った。

　薫子さんと約束したし、今日記念館が終わったら、藤崎さんにもう一度ワークショップの話をしなくちゃ。とはいえ、どうやって切り出せばいいんだろう。

　光りかがやく親と暮らすことが重荷。薫子さんはそう言っていた。だからと言って親に反抗したわけでもないみたいだが、ご両親と話すときにずっとですます調なのもそこに関係しているのかもしれない。

でも、そのことと、教える・教えられるで喧嘩《けんか》になる、と言うのはどうつながるのか。販売コーナーの商品を整理しながら首をひねった。幼少期の浩介さんとの諍《いさか》いはどんな感じだったんだっけ。前に聞いた話を思い返してみる。

親戚《しんせき》の集まりで和紙の話になって、藤崎さんは大人にまじって話していたが、浩介さんはなにもわからず黙ってしまった。そのあとふたりになったとき、浩介さんが「和紙なんて全部同じじゃないか」と文句を言って……。

それで、藤崎さんはなんて言ったんだっけ？　たしか、浩介さんにも和紙のよさを知ってもらいたくて「和紙のことを教えてやろうか」ともちかけた、と言ってたような。そうしたらとたんに浩介さんが怒って、それから関係がこじれたって言ってたっけ。

浩介さんはなぜ怒ったか。プライドをへし折られたからだよね、きっと。けどその言葉でへし折られた、と感じるのはなぜなんだろう。

浩介さんからしたら、藤崎さんだけがお祖父《じい》さん、お祖母《ばあ》さんに褒められていると感じた。自分も褒められたい、認められたいと思った。そこまではわかる。けど、激怒したのは藤崎さんのその言葉を聞いたあと。

和紙のことを教えてやろうか。その言葉を聞いたとき、それは怒るだろう、と感じた。でも、なぜなのかうまく説明できない。まあ、たしかにちょっと上から目線ではあるけど。藤崎さんは褒められたからと言って得意になっていたわけでもないし……。

得意になっていたわけでもない？

もしかして、それが癇《かん》に障った……？

浩介さんからしたら、藤崎さんは自分にできないことをしていた。それでお祖父さん、お祖母さんやまわりの大人に褒められていた。なのに藤崎さんはそれがたいしたことではないようにふるまっている。

たぶん藤崎さんにとってはそれはほんとにたいしたことじゃなかったんだ。お父さんお母さんのかがやきにくらべれば。だからどうでもいいと思っている。藤崎さん自身、僕が和紙にくわしくなっても、褒めるのは祖父母くらいで、学校でうらやましがられたことなんてない、変人だって言われただけ、と言っていた。

でもそういう態度がかえって相手のプライドを傷つけることもあるんじゃないか。とすると、藤崎さんにレクチャーを引き受けてもらうにはどうしたらいいんだろう。

結局なにも思いつかないうちに閉館時間がきてしまった。明日《あした》にするか……。ぐずぐず考えながら入口を閉め、下の看板を片づける。

館長室にはいると、藤崎さんが給湯室でお茶を淹《い》れていた。

「ああ、おつかれさま。いまお茶を淹れたところだったんだ。吉野さんも飲む？」

「はい、いただきます」

「祖母からもさっき電話があったよ。百花さんとたくさん話せてうれしかった、よろしく伝えてください、って」

藤崎さんがそう言ってお茶を出す。いい香りが漂っている。最初はうまく淹れられないと言っていたのにどんどん上達して、最近は八十八夜から季節ごとのいろいろな産地の茶葉を取り寄せるという凝りようだ。

「あ、ありがとうございます。わたしからも連絡しておきます」

薫子さんのよろしく、という言葉に圧を感じた。言わなきゃ。時間が経ったらどんどん言いにくくなる。

「あの、藤崎さん」

思い切って話しかけた。

「実は昼間、薫子さんと会ったときに、ワークショップの話をしたんです」

「ああ、祖母もワークショップの話、すごく気に入ってたみたいだね」

藤崎さんは自分の席に戻ってそう言った。

「はい。それで、折形の講師のこと、薫子さんにお願いしてみたんです」

「祖母に？　それは思い切ったことを……。まあ、祖母なら折形については語れるだろうし。適任かもしれないが」

「いえ、それが、お願いはしたのですが、断られてしまいまして……。一成がやった方がいい、と」

「それは……」

藤崎さんがぐっと黙った。

「この前も言ったが、僕は人にものを教えるのが苦手なんだ。僕が教えるとロクなことにならない」

　ややあって、藤崎さんが口を開いた。しずかな、だが有無を言わせない口調である。

「そんなことはないと思います。ここに来て最初に作ってくださった記念館の収蔵品に関するマニュアルもとてもわかりやすかったですし……」

「あれは書面だからね。この前も言った通り、テキストならいくらでも作るよ」

「文章の方が伝わることも多いですけど、はじめて参加するお客さまにとっては、文章を読むのはなかなかハードルが高いと思うんです。テキストを読むのはもちろん大事ですが、まずはお話を聞く方が……」

「そういうものなのか」

　ぴんときていない様子である。藤崎さんは優秀だから文を読んで理解できるんだろうけど、みんながみんなそうじゃないんだけどなあ。

「記念館の展示も、パネルを替えたり、動画を入れたりしたことでわかりやすくなった、というお客さまも多かったじゃないですか」

「それはそうかもしれないが。でも、僕がレクチャーするのが記念館にとっていいかどうかわからないよ。たぶんうまくできないだろうし……」

　そこまで言って口ごもる。

「そんなことないと思います。わたしは藤崎さんの話を聞いたことで紙に関心を持つようになったんですから」

少し強く言うと、藤崎さんは驚いたような顔になった。

「わかった。少し考えてみる」

渋い顔のまま、そう言った。

6

木曜の夜、竹本さんからメールが来た。この前のインタビューをまとめた文章と写真がはいったページのリンクがついている。まだ公開前で、文章にまちがいがないかチェックして、写真は何枚か候補を入れたので選んでください、とあった。

「人との出会いで生きる道が見つかった——紙屋ふじさき記念館で働く吉野百花さん」。記事のタイトルにはそう書かれていた。

文章を読んでびっくりした。とてもわかりやすいし、拙い自分の話がこんなふうにいい感じにまとめられるなんて、とプロの力量を感じてしまった。紙漉《かみす》きの用語で小さなまちがいがあったので、そのことだけ返信に書いた。

写真は……。表情が少々ぎこちない。それともわたしっていつもこんな感じなのかな。それに、しゃべっているあいだじゅう手を動かしていて落ち着きがない。

できるだけ小さいやつにしよう。ななめから撮られた、ちょっとうつむき気味のものを選んで返信メールに書いていたとき、メッセージの着信音が鳴った。莉子からだ。

――この前の取材の記事、見た？

――うん。いまメールの返信書いてるとこ。写真、何番にするの？

――すごくいいよね！　内容もいいし、写真もばっちり！

――いちおう、3がいいかな、って。

――え〜〜3？　わたしは1がいいと思うけど。

1。真正面から撮られていて、これはないな、と思って最初に外したやつ。

――ちょっとアップすぎて……。

それに笑顔すぎて、子どもっぽく見える。

――ええーっ、あれくらいの方がいいよ、百花らしい表情だし。3はうつむいてるし、1の方がぐっと前に出てる感じで……。竹本さんも山川さんもイチオシは1、って言ってたよ。

――そうなの？

――3はダメだよ、奥に引っこんでく感じだもん。1にしなよ。

有無を言わせない感じだ。わかった、と返信しつつ、1を選ぶのはためらわれ、母にも訊《き》いてみることにした。

「ねえ、お母さん、この前の記事なんだけど、写真、どれがいいと思う？」

スマホを持ってリビングの母のところに行く。

「どれどれ……。これは1じゃない？　すっごくよく撮れてるもの。百花らしいし」

即答である。

「そうなの？　わたしってこんな顔？」

「この笑顔は小さいころから変わらないのよね。いつもこの笑顔に励まされてきた」

母がにっこり微笑む。

「そうなのか。自分ではよくわからないんだけど……」

「本人よりまわりの人の方がその人の顔を見てる時間、長いでしょう？」

そういえばそうかもしれない。自分では鏡で見るだけだし、そういうときはいつも表情を作っている。まわりの人の方がわたしの顔のことわかってるのかも。

迷いに迷ったが、結局竹本さんへの返信には1と書いて送った。

竹本さんの記事は土曜日に配信になった。莉子も母も紫乃叔母《おば》さんもすぐに読んで、すごくよかった、と言ってくれた。

藤崎さんにも配信されたことを報告した。ワークショップの講師の件については、考えてみる、と言っていたのに、何日経っても返事はなかった。迷っているのか、それとも話自体忘れてしまったのか。とにかく今週いっぱいは返事を待とう、と思っていた。

日曜日はめぐみさんのリサイタルの日で、記念館を閉めたあと、藤崎さんとふたりで上野《うえの》にある会場に向かった。ホールは満員。すごい人気だ。

開演のベルが鳴る。舞台のうえにめぐみさんが立った。

女神……。この前会ったときもうつくしかったが、舞台のうえのめぐみさんは天上の人みたいに神々しかった。

ピアノの音がしずかにはじまり、数秒後、めぐみさんの澄んだ声が会場に響いた。

すごい……。きれい……。

イタリアの古い歌らしく歌詞は全然わからないが、声を聴いているだけでその世界に吸いこまれていきそうになった。しずかな曲は身体にじんわり染みこみ、あかるくテンポの速い曲では身体が動きそうになり、情熱的な曲では胸がどきどきした。

ほんとうに素敵だ。次にリサイタルがあるときは、母や叔母も誘おう。座席の背にもたれ、目を閉じる。めぐみさんの声のうねりに身体をあずけた。

ふと気になって、となりの藤崎さんをちらっと見ると、いつになく安らいだやさしい表情をしていて、こんな顔もするのか、と不思議な気持ちになった。

あっという間に時間が経ち、最後の曲に。

聞き覚えのあるメロディにはっとした。

これは、「春の小川」……？

やさしいピアノの音に続き、めぐみさんの歌がはじまった。

はあるのおがわは　さらさらいくよー

その澄んだ声を聞いたとき、思わず涙が出そうになった。春の小川。わたしの名前の由来になった歌。

目の前に春の風景が広がる。足元にはさらさら小川が流れ、花が咲き、蝶《ちょう》が舞っている。水辺には草、木の枝には青葉が揺れて、小川の水面がきらきら光る。

はらはらと涙がこぼれた。

歌が終わり、めぐみさんがお辞儀をして舞台の裾《すそ》にはいっても拍手は止まず、しばらくしてめぐみさんが再び舞台に出てきた。

会場がしんとする。

また聞き覚えのある前奏が流れた。今度は「故郷《ふるさと》」だ。

　うさぎおーいし　かのやまー
　こぶなつーりし　かのかわー

めぐみさんのやわらかい声が会場を満たす。みなじっとその声に聴き入っていたが、どこからかすすり泣くような音が聞こえた。その音がしだいに広がっていく。胸の奥の方からあたたかいものがこみあげてきて、涙があふれた。

ふるさと。わたしにはこんなふるさとはないのに、とてもとてもなつかしい。

この歌のインクも作ってみたい。

どんな色だろう？ ふるさとの山のように少し霞《かす》んだ緑？ それとも高く青い空？

歌が終わり、しばらく沈黙が続いたあと、拍手が鳴った。まわりを見ると、わたしと同じように涙をぬぐっている人たちがたくさんいるのがわかった。


リサイタルが終わり、藤崎さんと外に出た。夜空に星がまたたいていた。身体のなかにはまだめぐみさんの声が響き、いろいろな色が渦巻いていた。

「どうだった？」

藤崎さんが言った。

「素敵でした」

息をつき、そう答えた。

「聴けてよかったです。ありがとうございました」

「そうか、ならよかった」

藤崎さんがほっとしたように言って、少し笑った。

「吉野さん」

しばらく沈黙が続いたあと、藤崎さんが言った。

「例のワークショップの講師の件ね、ずっと考えてたんだけど、やってみようと思う」

「ほんとですか？」

　いきなりの話に驚き、藤崎さんの顔を見た。

「いや、迷ってたんだけどね」

　そう言って目を伏せる。

「僕はずっと人づきあいに自信がなかったんだ。浩介だけじゃなくて、学校でもすぐにもめごとになる。それでできるだけ人と直接接触しないように心がけた。大学にはいってからも発言は極力控えた。周囲のやってることにもどかしさを感じても口にしないようにしてた。だからまわりもみんな僕から距離を置いていた」

　最初に綿貫さんと会ったときの話を思い出した。藤崎さんは滅多にしゃべらず、笑わず、でも鋭い発言をして、教授もたじろいでいた、と。

「でも大学時代、ひとりだけ親しくなった女子学生がいてね。彼女とだけは話が合って、親しくしていた」

　はっとした。綿貫さんから聞いた話だ、と思った。

「それがなぜかあるときから彼女は僕を避けるようになった。ちょうどゼミの課題で彼女と組んでいたときで、たまたま僕の得意分野の話だったから、彼女に対して教えるような態度を取ってしまって……。それが上から目線に感じられたのかな、と思った。彼女だけは大丈夫だと思っていただけに、なんというか……ショックだった」

　藤崎さんがそんなことを感じていたなんて……。いつも自信のある態度で、相手が感じていることには無頓着《むとんちゃく》だと思っていたのに。

「それでますます人に教えたりすることが怖くなった」

「そうだったんですね」

「でも、ちがったんだ」

藤崎さんは少し笑った。なにかあきらめるときのような、さびしそうな笑顔だった。

「ちがった？」

「この前、突然彼女から郵便が届いたんだ。なかには手紙とＣＤがはいっていた」

「ＣＤ？」

「母の歌がはいっているＣＤだよ。彼女に貸したままになってたんだ。彼女もクラシック音楽が好きだった。ほかにクラシック好きなんていないし、彼女はすごくわしかったから、それで話が合ったんだよね。なんでいまになって送ってきたんだろうと思いながら、手紙をあけた」

藤崎さんが少し間を置いた。

「そこにはこう書いてあったんだ。自分は小さいころからバイオリンを習っていた。ほんとうはバイオリニストになりたかった。でもそこまでの実力がなくて、夢を断念せざるを得なくなった、って。楽器自体もレッスン料も高いからね。それだけお金をかけてもプロの奏者になれる人はひとにぎり。それで結局中学のときのコンクールの成績で進路を決めることになって、彼女は受賞できずに音楽の道を断念した」

「そうだったんですか」

「彼女がバイオリンを習っていたなんて、知らなかったんだ。あのとき、話の流れで僕は彼女に自分の母親が声楽家だって話した。人にそのことを話したのははじめてで、僕がピアノを習っていて、それなりに弾けたことも話した。真面目に練習していたからコンクールで入賞したことがあったけど、母のようにはなれない、ってわかってた。だから母と大喧嘩《おおげんか》してピアノをやめたんだ、と。そんな話をしながらＣＤを貸した。でもそのあと、彼女は僕を避けるようになった」

藤崎さんが目を伏せた。

「彼女の手紙に書いてあった。それだけの実力があり、親の理解があったのに音楽を捨てた僕を許せないと思ったらしい。しかもそのとき僕は、母のように選ばれた人間しか音楽の道を歩めない、と言ったんだそうだ」

そこで言葉を切り、ため息をつく。

「なんでそんなことを言ってしまったんだろうなあ。あれだけ音楽にくわしいんだから、そういうこともあるってわかりそうなものなのに。僕は音楽の話ができることが楽しくて、彼女が音楽に対してどんな思いを持っているか考えなかったんだよ。彼女をちゃんと人間として見ていなかった、ってこと」

「そんなことは……」

そこまで言うことはないと思ったが、うまく言葉が続かない。

「今日の母の歌を聴きながら思い出してたんだ。母は音楽を教えるの、下手だったなあ、って」

　しばらくして、藤崎さんがぼそっと言った。

「小さいころから毎日練習させられてたんだけど、うまく弾けないときの母の説明が絶望的にわからなくて。できる人はできない人の気持ちがわからないんだよね。そのころは自覚してなかったけど、僕は傷ついてたんだと思う。母は怒らないけど落胆しているのは伝わってくる。そのことに傷ついていた。人より優れた人間はそこにいるだけでほかの人を傷つけることがある」

　少しだけわかる気がした。わたしも以前は小説を書いてみたいと思っていた。でもどこかで、父みたいにはなれない、と感じていた。傷つく、というのとはちょっとちがうけれど。それは、父はもうこの世にいないからかもしれない。

　もっと書きたいことがあったんじゃないか。わたしにとっては、自分の思いより失われた父の思いの方が大事だった。だから、藤崎さんや薫子さんや綿貫さんが父の本を覚えていてくれたことがうれしかった。

「母が人前で歌うのを見て、さびしいとも感じていた。公演で家をあけがちだったしね。もちろん僕が不幸だったってことじゃないよ。僕の親は僕を大事にして、尊重してくれていた。でも、なぜかさびしかった。ほっとできるのは祖母と紙で遊ぶときだけ。ここには自分の居場所があると思えた。祖母が僕を褒めてくれたからかもしれないな」

「彼女はなぜいまになってＣＤを送ってきたんでしょう？」

「うん。なんだか彼女の友だちがたまたま綿貫さんと会ったらしくて、そのとき僕といっしょに仕事をしてるって話になったとか……」

綿貫さんと？　もしかして、綿貫さんが訊《き》いてくれたんじゃ……？　あのときの綿貫さんの笑顔を思い出し、きっとそうだ、と感じた。

「手紙には悪かった、と書いてあった。理由も話さず無視したりして申し訳なかった、あのころは藤崎くんの姿を見るだけで劣等感を覚えて苦しかった、藤崎くんのせいではないのに、と」

藤崎さんが息をつく。

「いまはふつうに会社員になって、趣味でまたバイオリンを習い出したと書かれてたよ」

「またバイオリンを？」

「自分はバイオリニストになるだけの力がなかった。そのことを認められずに遠ざかっていたけれど、やっぱりバイオリンを弾くのが好きだとわかったって。それを聞いて少しほっとしたけど、彼女の世界を守るためには、僕は彼女の前に姿をあらわしてはいけないんだな、と悟った」

藤崎さんがさびしそうに笑う。

なぜか、藤崎さんはその人のことが好きだったのかもしれない、と思った。

「それで、どうしたんですか」

「手紙だけ書いたよ。自分も悪かった、あのころはいろんなことがよくわかっていなかった、と。何度も書き直して、結局すごく短い手紙になってしまったけど。ここに来る前に出してきた」

藤崎さんがほっとしたような顔になった。

「今日久しぶりに母の歌を聴いて、ようやくわかった。子どものころの僕は、絶対的にうつくしいものというのは存在する、そのうつくしさの前では自分のさびしさなんてどうでもいいと思ってたんだな、って。僕は自分が両親のおまけみたいなものだって思っていたんだ」

——すごいのは親なんだから、自分は透明にならないといけない、って。

その言葉を思い出した。

「だけど最近思うんだ。僕には僕の大事なものがあるし、それも家から受け継いだものではあるけれど、やっぱり僕のものだって。吉野さん、インタビューのなかで、祖母や僕と出会ったことで自分の生きる道を見つけた、って言ってくれてただろう?」

「読んでくれたんですか」

「もちろん。うれしかったんだ。それは僕だけの力じゃないんだけど、和紙を好きな人、それを仕事にして生きていきたいと思う人をひとり増やせたんだ、って」

「そうですよ。わたし、記念館に来て、はじめて自分がやりたいと思うことを見つけられたんです。記念館の仕事をしていると、生きてる、って感じがして……」

「あ、その笑顔」

藤崎さんが言った。

「いまの笑顔、あの記事の写真の笑顔と同じだ」

「ほんとですか？　わたしはあんまり好きじゃなかったんですけど、莉子も母もあの写真がいい、って言うので……」

「いや、いい表情だと思ったよ。生き生きしてる。働くことが、生きてることが楽しい、ってことが伝わってくる」

少し驚いた。生き生きしてる。あの顔が？　でも、だとしたら、はじめの目的はかなえられたということだ。写真は1でよかった、ってことなのかも。

「あの笑顔を見て、吉野さんの意欲にも責任持たなくちゃいけないんだ、って感じたんだ。つまり、なんらかの形で記念館の仕事を存続させるようにがんばる、ってこと。だから、ワークショップの講師もやってみようと思った」

うれしかった。でもどう言ったらいいかわからず、うつむいた。

「あの、藤崎さん。さっきの話ですけど」

「さっきの？」

「絶対的にうつくしいものの前では自分のさびしさなんてどうでもいいこと、って言ってたじゃないですか。でもわたし、まだ子どもなのにそのうつくしさを感じとることのできた藤崎さんの心も、同じように気高いと思います。それに、子どもがさびしいと感じるのもあたりまえなんじゃないですか」

わたしがそう言うと、藤崎さんはびっくりしたようにわたしを見た。

「そうかもしれないな。人間なんだから」

　藤崎さんが空を見あげた。

「僕はそういうことがわかってなかったんだ。いまもちゃんとわかってるとは言えない。だからやっぱりうまくできないかもしれない。でもやってみようと思う。記念館のため、紙のため、でもあるけど、僕自身のためにもね」

　僕自身のため。なぜかわからないが、その言葉が胸に響いた。

「そしたら、来週までに企画をもっと詰めてみます。それと、さっき『故郷』の歌を聴いて、あの曲の色のインクもあったらいいな、って。それから、インクのパッケージもいいですけど、せっかくだから型染めの紙を表紙にしたノートを作るとか……」

「いいね。今度関谷さんと相談してみるか」

　藤崎さんが笑った。

　閉館になるまで、あと数ヶ月。とにかくぎりぎりまでがんばろう。記念館のため、紙のため、でもあるけど、わたし自身のためにも。

　藤崎さんの真似をするわけじゃないけど、ほんとにその通りだと思う。なによりもわたしがわたしらしく生きるため。夜の空を見あげ、胸のなかでそう誓った。

第三話　故郷の色、海の色

1

金曜日、藤崎さんとのミーティングで、定期ワークショップは第三土曜の午後に二回という形でスタートすると決まった。第一回は六月。藤崎さんが講師をする折形教室である。

藤崎さんのレクチャーは十分くらいと考えていたが、原稿を書いてみたところ、話だけで三十分ぐらいかかると言う。実作もゆとりを持って三十分。結局今回は、蠟引きのときのような手軽な形ではなく、水引のときと同じ本格的な形式にすることになった。

文字箱とのコラボイベントなど特別なものは例外として、宣伝告知、申込、当日の受付など運営の体制を少しずつ整えながら、イベントが定着してお客さまが増えてきたら回数を増やしていく。

だがＳＮＳの宣伝だけだと、そのときは話題になっても、時間とともに流れて消えていってしまう。お客さまを増やすためには、記録を残して、前のワークショップの様子がわかるようにしないとダメな気がした。

やっぱりサイトが必要なのかも。

藤崎産業の企業サイトの下に記念館の案内ページがあるのだが、小さな写真と簡単な概要、所在地やアクセス、開館時間など申し訳程度の内容しかはいっていない。

紙こもの市の集客のことで莉子に相談したとき、ＳＮＳでの宣伝とともにサイト作成を勧められた。ＳＮＳの方は莉子のおかげでなんとか慣れて、イベントでの集客にもおおいに役立っているけれど、サイトはきちんとしたものを作ろうとしたらお金もかかりそうだし、ずっと先送りにしていた。

文字箱とのコラボで水引のワークショップをおこなったときは、文字箱のサイトでイベントの紹介をしてもらった。文字箱のサイトはデザインも素敵だし、本や商品の紹介ページやブログなどの読み物も充実していて、オンラインショップもある。

ああいうサイトを作るとしたらどれくらいかかるんだろう。

夕方グッズの納品で文字箱に行く予定だったので、サイト担当の井上さんに訊《き》いてみようと思った。

「サイトですか？　あれはわたしが作ったんですよ。だから制作費はかかってません」

納品のあとサイトの制作費のことを訊くと、井上さんはにこにこ笑ってそう言った。

「井上さんが？　井上さん、そんな技術まであったんですか」

ちょっとびっくりした。水引やインクにくわしい上に、情報系の知識まであるなんて。

「いえ、そんなのないですよ。でも、最近はウェブサイトビルダーっていうサービスがあって、簡単にサイトを作れるようになってるんですよ」

　小冊子研究会の乾くん、石井さんも自分でサイトを作っている。ふたりともネットにくわしいから作れるのかと思っていたが、いまはウェブサイトビルダーがいろいろあるからだれでも作れますよ、と言っていたような気がする。

「ホームページの作成からアップロードまで自動的にできちゃうんです。コードの知識もいりませんし。藤崎産業みたいな大きな企業の複雑なサイトは無理ですけど、シンプルなものならはじめての人でもできますよ。うちのサイトも仕事の合間にちょこちょこやって作ったんです」

　仕事の合間に？　ちょこちょこと？　それであんなおしゃれなサイトが？

「はじめての人でも、って、わたしでも作れるんでしょうか？」

「吉野さんなら大丈夫ですよ。わたしもはじめてでしたし。アカウントを登録して、テキストや画像をはめこむだけで形になって、そのまま公開できちゃうんです。ブログとあまり変わらない感じで……」

「ブログも作ったことないんですけど」

「でも、ＳＮＳはやってますよね？」

「え、ええ、記念館のアカウントくらいですが」

　自分のアカウントは知り合いとやりとりするくらいで、ほとんど発信していない。

「そしたら大丈夫ですよ。やること自体はそんなに変わりませんから。フォームみたいなのがあって、文章や画像をそこに入れればいいだけです」

「でも、デザインとか……」

「デザインもいくつかテンプレがあって、そこから選ぶだけなんですよ。文字の大きさとか、画像のサイズとか、細かいことは決めなくちゃいけないですけど、それも感覚的に操作できるようになってます」

井上さんは簡単そうに言うが、パソコンはあまり得意じゃないし、いまひとつ自信がない。これはやっぱり莉子か石井さんに相談した方がいいのかな。

「言葉で説明しても、イメージわかないですよね。あとでわたしが使ってるウェブサイトビルダーのサイトのＵＲＬを送りますよ。ちなみに、サイトでの通販は考えてますか？」

「いえ、まだそこまで具体的に考えてなかったんですけど……。文字箱のサイトはオンラインショップがありましたよね」

「ええ。ウェブサイトビルダーもいろいろあって、通販をする予定なら通販に強いものがいいかもしれません。手数料や決済方法がそれぞれちがうので。うちは結局、オンラインショップだけ別のサービスを使ってるんです。いくつかのサービスを比較した表も送っときます。作りやすさとかデザインのテンプレートの好みもあると思いますし」

比較って言われても、なにを基準に比較したらいいのか……。

「どのサイトにもたいてい無料プランがあります。ドメイン取ったり、通販したい場合は有料プランじゃないとダメだと思いますけど」

「ドメイン……？」

「なんとかかんとかドットコムみたいなやつですよ。それがあった方が覚えやすいし、信頼がおける、っていうか」

わからないことばかりで、できる気がまったくしなかった。

バイトが終わり、帰宅途中の電車のなかでスマホを見ると、井上さんからメールが来ていた。メールの最後に書かれたウェブサイトビルダーのサイトのＵＲＬに飛んでみる。

数分間でサイトができる！

トップページの文字が目に飛びこんできた。数分間？　井上さんは仕事の合間にちょこちょこと、と言っていたけど、数分はさすがに言い過ぎだろう。

あらゆるニーズに合ったサイト作成が可能！

豊富なデザインテンプレート！

予算に合ったプランが選べる！

直感的な操作で簡単！
ネットショップの運営にも最適！
モバイルアプリで更新可能！

謳《うた》い文句の下にある説明や紹介されている事例を見ていると、これならもしかしたらわたしにもできるかも、という気になってくる。莉子もゼミで忙しそうだし、なんでもかんでも莉子に相談するというのも考えものだし。

ここはひとりでやってみるか。

記念館のサイトだから藤崎さんの許可を取らないといけないけど、無料プランもあるみたいだから、今晩試しに作ってみてから相談しよう。とりあえず、ほんとに自分で作れるか試してみたい。

でも、そもそもサイトってなにを入れればいいんだろう。ワークショップの記録を残したい、っていうのがもともとの狙いだけど、せっかく作るなら内容もいろいろ入れたいよなあ。

文字箱のサイトを閲覧したあと、思いつきでこれまでかかわった「八十八夜」や「shizuku」、物語ペーパーを置いてくれている古書店のサイトをながめた。

八十八夜はお茶の緑をテーマカラーにして、トップページには茶畑の画像、お茶の淹《い》れ方、お茶に関する作法、お茶の産地などの豆知識コーナー、お茶の通信販売などのメニューがならんでいる。

shizukuのトップページは、和彫の作業写真。道具を持つ淵山さんの手がアップで写っている。ブランドの説明やデザイナーのプロフィール。ラインごとの商品紹介、店舗情報、イベントなどのスケジュールを記した情報ページ。

なるほど。サイトを作るからには、こういう構造を考えなくちゃいけないんだな。

記念館だったらなんだろう。紙屋藤崎の歴史、記念館の展示物紹介、紙に関する知識のコーナーもほしい。オリジナルグッズの通販ページもあった方がいい。ワークショップの記録以前に作らなければならないページが無数にある。

とりあえず、紙屋藤崎の歴史、展示物紹介、紙に関する知識のページの内容は藤崎さんの手が空いたときに書いてもらうとして……。

あとは写真だよね。トップページはやっぱり記念館のなかの写真？　展示物のアップもいいよね。紙漉《かみす》きの道具とか、和紙を何枚か重ねて撮るとか。あとは、紙屋藤崎のむかしの写真も入れたい。

考えているうちに夢がどんどん広がっていった。

帰宅して食事を取ったあとはすぐに自分の部屋に戻ってパソコンを開いた。

井上さんのメールから、もう一度ウェブサイトビルダーのページに行く。比較表も送ってもらっていたが、表を見てもどれがいいか全然わからないし、とりあえず文字箱と同じところでいいや、と思った。

画面の真ん中にある「いますぐはじめる」のボタンを押す。新規登録の画面が出てくる。まずはアカウントを作るらしい。メールアドレスはとりあえず記念館で使っている仕事用のアドレスを入力。パスワードを設定すると質問が出てきた。

会社の業種や規模、サイト作成経験などを入力し終わると、しゃれたテンプレートがずらりとあらわれた。このなかから記念館のイメージに合ったものを探すってこと？レストランやファッション関係のお店には合いそうだけど、記念館に合うデザインって……。

莉子か石井さんに相談したくなるが、ここは我慢。自力でがんばろう、と決めた。あまりおしゃれすぎるのは似合わないと思い、できるだけシンプルな形のものを選ぶ。

編集画面があらわれ、タイトルなどの文字を入れていく。和風のイメージだから、文字は明朝体の方がいいのかな。写真はとりあえず記念館の内部を撮ったものを配置して、下にニュースの欄を作る。

背景や文字の色などをいろいろ試し、ロゴマークとしてSNSのアイコンに使っている藤崎の屋号紋を入れる。

え、なんかけっこうそれっぽい感じになってきたぞ。

ロゴマークの位置や大きさを調整し、メニューは文字箱のサイトを真似て、「はじめに」「紙屋ふじさき記念館について」「和紙について」「ワークショップ」「通信販売」

「お問い合わせ」とした。

ページのなかには「コンテンツ」という四角い枠が出てくる、「見出し」「画像」「文章」などコンテンツの種類を選ぶと、それにふさわしい書式が表示されるようになっていた。

トップページのはじめに「文章」の枠を作って記念館の簡単な説明を入れ、その下に「見出し」の枠を作って「ニュース」と入れる。「ニュース」の下にまた「文章」の枠を作り、「毎月第三土曜日にワークショップを行うことになりました」という文章を入れてみた。

細かい説明はあとで入れるとして……。あとは、アクセス情報か。

構成は文字箱のサイトの丸パクリだけど、なにごとも最初は真似からだ。所在地と電話番号、それから最寄駅、そこから徒歩何分か。

文字箱のサイトでは、その下に地図アプリの画面が出ている。これはどうしたら、と思って見ると、コンテンツのなかに「ｍａｐ」という文字が見えた。

これを選んだらいいのかな？「ｍａｐ」を選ぶと全世界の地図が表示され、下に検索ワードを入れる枠が出てきた。「紙屋ふじさき記念館」と入力すると、記念館周辺部分の拡大地図になる。

おおお、簡単……。

なんだか楽しくなってきて、「紙屋ふじさき記念館について」のページに移った。細かい内容はあとで考えるとして、とりあえず「藤崎産業」のホームページの下にくっついている記念館ページに記されていた概要と会社の沿革をコピペする。

次の「和紙について」は、藤崎さんじゃないと書けないから「準備中」の文字だけ入力し、「通信販売」もページを作る前にいろいろ設定しないといけないみたいだから、ここも「準備中」。「ワークショップ」はどうしようか。

はじめに「ワークショップについて」という見出しを作り、その下に以前自分が作った企画書から目的などを書いた部分を入れる。その下に「スケジュール」という見出しを作り、今後の予定を入れた。

それから「六月のワークショップ」という見出しを作る。

折形の説明は藤崎さんじゃないとできないよね。だからとりあえず「準備中」にして……。あれ、でも文字箱のサイトでは細かい項目があるときは、項目ごとにページを分けてるみたいだ。え、これ、どうやって作るんだろ？

ヘルプページを見ると、メニューのところでサブカテゴリを作る、とある。カテゴリの下にこれまでと同じようにカテゴリを作って、矢印みたいなボタンを押すと階層がひとつ下にさがる。

なるほど。つまり「第一回」という項目を作って、この矢印ボタンを押せばいいんだな。押してみると文字の頭がひとつ下がった。これでいいみたいだ。なんだ、簡単じゃないか。「第一回」のページも「準備中」にして完了。

最後、ヘルプページを見ながら、「お問い合わせ」ページに「フォーム」というコンテンツを入れた。自動的にメールフォームができあがる。

プレビュー画面を表示すると、サイトらしい形になっている。

うわ、できた。すごい。まだ箱だけみたいなものだけど。

でも、これだとちょっと見出しの文字が大きくてかっこ悪いような……。文章はもっと改行を入れた方が読みやすそう。文字箱のサイトと見くらべながら微調整していく。

「百花、お風呂《ふろ》どうするのー？」

部屋の外から母の声がした。はっと時計を見ると、サイトを作り出してからもう二時間以上経っていた。こんなに経ってたなんて……。ものづくりをしてるときと同じ。時間が経つのを忘れていた。

「はいる、はいる。でも、その前にちょっとこれ見て」

パソコンを持って部屋を出る。

「なに？」

リビングのソファにいた母の前にパソコンを置き、いま作ったサイトを見せた。

「へえ。記念館のサイトができたんだ」

母がマウスを操作する。

「こういうのがあると宣伝しやすくなるよね。まだ『準備中』のページばっかりだし、もっと写真が載ってた方がいいかもだけど……」

母が笑った。

「実はね、これ、いまわたしが作ったんだよ。ごはんのあと、このパソコンで」

「ほんとに？」

母が目を丸くした。

「文字箱の人にウェブサイトビルダーっていうのを教えてもらって。意外と簡単にできたよ。これはまだ試作で、うまくできそうだったら藤崎さんに相談して、ちゃんとしたのを作ろうと思って」

さすがに謳《うた》い文句のように「数分間で」は無理だったけど、作ってるあいだは楽しかったし、むずかしくはなかった。

「すごいね。たしかに最近はデザイナーさんも作家さんも自分でサイト作ったりしてる、って聞くけど、百花、パソコンそんなに好きじゃなかったじゃない？」

「最近はそんなでもないよ。小冊子研究会の冊子作りでも使うしね」

「百花も成長してきてるってことかな」

母が笑った。

2

翌日、記念館に出勤するとすぐに藤崎さんにサイトのことを話した。ワークショップの記録のためにもサイトを作りたい、どうせ作るなら記念館の宣伝になるようなものにしたい、と説明した。

「それで、文字箱の井上さんに相談してウェブサイトビルダーを紹介していただいて、昨日の夜、家で試作してみたんです」

「試作って、吉野さんが？」

　藤崎さんが目を丸くする。

「はい。だれでもできる、っていう話だったので、とりあえず自分でやってみよう、と思いまして」

　記念館で使っているパソコンを開く。サイトは作成中なので未公開になっている。自分のアカウントでログインして、プレビュー画面を表示した。

「コンテンツはまだなにもはいってないところが多いんですが、とりあえず箱だけ作ってみました」

「へえ。なかなかきれいにできてるじゃないか」

　藤崎さんがページを移動しながら言う。

「ウェブサイトビルダー、まだむずかしい機能はわからないんですが、文章と画像を入れるだけならわたしでも簡単にできました。文字箱ではオンラインショップだけは別のサービスを使っている、という話で……」

「なるほど。ここで編集画面に戻れば、内容を入力できるんだな」

藤崎さんは自分で勝手に編集画面に戻し、機能をあれこれながめている。

「わかったよ。よくできてると思うし、これに内容を入れて、記念館のサイトにしよう。デザインも基本これでいいし、登録したメールアドレスも記念館のものだから、このままでいい」

「ほんとですか？」

このまま使ってもらえるということみたいだ。

「ただしその場合、これからは会社の業務だから、作業はできるだけ勤務時間内にここでおこなってください。バイト料、ちゃんとしないといけないからね。今回みたいに家で作業しないこと」

「わかりました」

「でも、どうせ作るならドメインを取った方がいいなあ。機能面を考えても、有料プランにした方がいいか……」

藤崎さんは画面を見ながらひとりごとのようにつぶやいた。

開館時間になり、受付に出た。土曜なので、午前中からぽつりぽつりとお客さまがやってくる。販売コーナーのグッズもいくつか売れた。

前に飯田の祖母が記念館のグッズがこっちでも買えたらいいのに、と言っていたのを思い出した。考えたら、文字箱とここでしか売っていないのだ。東京以外の人はそうそう来られない。紙こもの市は東京以外の会場で開催されることもあるけれど、年に数回しかないし、場所もかぎられている。

これまでもSNS経由でどうしても、というお客さまには対応していたけれど、やっぱり通販があった方がいいよなあ。サイトさえできれば……。

それにオンラインショップがあれば、記念館がなくなってもグッズの販売を続けられるじゃないか。最初はワークショップの内容や記念館の紹介ができたら、というだけだったけど、通販こそ大事な気がしてきた。

お昼前になるとお客さまも増えてきた。昼過ぎに受付を藤崎さんに交代してもらって、館長室で休憩。お弁当を食べたあと、サイトを見ようとパソコンを開いた。

あれ？

トップページの写真が変わっている。館内の写真ではあるけれど、構図が決まっていて、ずっとかっこいい。文章も増えていた。「紙屋ふじさき記念館について」のページにも、「ワークショップ」のページにも文章や写真が増え、サイトらしさが増している。

これ、藤崎さんが入れてくれたんだ。

第一回ワークショップのページにも、まだ書きかけだが「折形」の説明の文章が加わり、さらにその下には「ワークショップ概要」という項目までできている。開催日時、参加費、参加方法。まだ書きかけだけど、さすが藤崎さん……。

文字箱といっしょにおこなった水引ワークショップのときは予約制にして、余った分を当日券として販売したが、今回は蠟引《ろうび》きのときのように予約はなし、当日券のみということにするつもりらしい。

これで大丈夫なのかな。水引のときは西田さんに知名度があるし、文字箱で宣伝してもらったということもあるけど……。

——主催者側としては大勢いらしたときの対応を考えておかないと、クレームにつながりますから。

水引ワークショップの企画のとき、井上さんがそう言っていたのを思い出した。まだ知られてないし、参加者の人数は読めない。予約まで取らなくてもいいかもしれないけど、ならんでもはいれない人が出ちゃったらまずい気がする。

あと、やっぱり写真がほしいなあ。この前社長のために作っていたご祝儀袋みたいな……。いや、ワークショップで実際に作るものの方がいいか。そういえば、まだワークショップで作るもの、具体的に決めてなかった。三パターンくらい作ろうとは言ってたけど。材料のこともあるし、そろそろちゃんと決めないと。

あとで藤崎さんと相談しよう。閉館後になるだろうから、気づいたことを忘れないようにメモして……。手帳にあれこれ書いているうちにお昼休みが終わり、藤崎さんと交代してまた受付に立った。

午後もあわただしく時間が過ぎ、閉館時間になった。

記念館の扉を閉め、館長室に戻る。

「記念館、終わりました」

藤崎さんに声をかけた。

「ああ、おつかれさま」

「あの、サイトの件なんですけど……」

「うん。今日手が空いたときに少し手を入れたよ」

「はい、お昼休みに見ました。ありがとうございます」

「午後にも少し内容を足しておいた」

「そうなんですか？　ちょっと見てみます」

自分の机のパソコンを立ちあげ、サイトにログインする。トップページや「紙屋ふじさき記念館について」のページはさらに内容が増え、形も整って、もうこのまま公開できるような状態になっている。

「最近は便利なサービスがあるんだなあ。たしかにこれなら初心者でもできる。そうそう、ワークショップのページのことなんだけど」

藤崎さんに言われ、ワークショップのページに移動する。

「日付は決めた通りとして、時間はこれでいいかな。一時半の回と三時の回の二回。定員二十名、当日券のみで、受付は三十分前から開始、ってしてみたんだが」

「はい、わたしもちょっとそこが気になっていて……」

手帳を開き、さっきのメモを出す。

「二回開催で、一回につき二十名というのは妥当だと思うんですが、もしお客さまがたくさんいらして、はいれないってことになってしまったら申し訳ないような気が……」

「そんなに来るかな？」

藤崎さんが首をひねる。

「主催者としては、大勢いらしたときの対応を考えておかないといけない。前に井上さんがそうおっしゃってました。クレームになるといけないから、って」

「なるほど。それはそうかもしれない」

「水引のときは予約制にして、残った分を当日券にまわし、空き状況をＳＮＳでも告知してました。当日券のみにするにしても、どこかに『先着順』とか『各回先着二十名』みたいな表記を入れておいた方がいいんじゃないでしょうか。そうすれば、ダメだったときにもあきらめがつくかな、と」

「でもそれだと何時に来れば確実にはいれるかわかりにくくないか？」

たしかにその通りだ。早めに来て待つお客さまがいたら……。時間になるまで外で待たせてしまうのも申し訳ないし。

「そうしたら、朝何時から整理券を配る、とか……」

「どちらにしても、せっかく来たのにはいれない、というのは印象がよくない気もするな。当日券だと、その日ふらっと立ち寄れるという強みはあるが……。それに、予約制にした方が確実に来てくれる気もする」

「そうですね、告知を見て興味を持っても、はいれるかはいれないかわからないイベントのためにわざわざ会場まで足を運ぶというのは……。予約してあるなら、絶対行かなきゃ、っていう気持ちになるかもです」

「少人数のイベントなんだし、やっぱり予約制にしようか。とりあえずはサイトのフォームから予約メールを入れてもらうのでいいかな」

「でも、それだと常時対応しなくちゃならなくなりますよ。夜のあいだに立て続けに予約が来て、定員オーバーしちゃったときどうするか、とか。水引のとき、文字箱ではチケット予約用のサイトを使っていました」

たしか、予約と同時に参加費も決済できるサービスだった。チケットの残り枚数も表示されて、あらかじめ設定しておいた定員になると自動的に完売の表示が出るようになっていたような……。

「予約と同時に決済できるサービスだったね。たしかにチケット代が当日精算だと気が変わって来なくなる人も出るかもしれないし」

藤崎さんは文字箱のサイトで水引のときのチケット予約サイトを探し、調べはじめた。

「手数料はかかるが設定は簡単そうだし、ここを利用した方がいいのかもしれない。サイト構築もだけど、便利な世の中になったよなあ」

「参加する側からしても、はいれるかはいれないかわからない、長い時間待たなくちゃならない、っていうよりいいですよね」

「予約で全部埋まることはないだろうから、余った分は当日券にすればいい。そうすればなにも知らずにふらっと来た人にも対応できるし。じゃあ、予約サイトは僕の方で手続きしておくよ。それと通販のことなんだけど……」

藤崎さんに言われ、オンラインショップのページを見る。ここはまだ準備中のままだ。

「昼間も考えてたんですけど、オンラインショップ、やっぱりあった方がいいように思います。遠方の人にも商品を届けられますし……」

記念館がなくなっても、と言いかけて、止まった。

「うん。それがあればここがなくなったあとでもグッズの販売は続けられる」

藤崎さんがしずかに言った。藤崎さんも同じことを考えていたのだ、と思った。

「僕がいまここで受けている仕事も、サイトがあればそこからつなげることができる」

そうか。オリジナルグッズだけじゃない。藤崎さんがここで請け負っている仕事もあるんだ。叔母《おば》が営む器の店「日日草《にちにちそう》」、翠さんの八十八夜、淵山さんのshizukuやモリノインクのパッケージの仕事、それに物語ペーパー。記念館という場所がなくなっても、サイトがあればそうした仕事を広げることができるかもしれない。

「ここは来年の春にはたたまなくちゃいけない。会社も記念館を続けたい気持ちはあるんだ。だが現状、場所がない」

「はい。この前、薫子さんから聞きました」

「いつかほかの場所に記念館を、というのが祖母の夢なんだが、ここを閉じて、和紙関係の仕事をすべてストップしてしまったら、会社側は忘れてしまうかもしれない。ただでさえ、採算が取れる部門じゃないから」

「そうですよね」

「だから、なにかの形で仕事は意地でも続けなくちゃいけないと思ってたんだ。サイトがあればそれが可能になる。今日作業していてそのことに気づいた」

　藤崎さんが言った。

「それに、本社の社屋に記念館のような施設を作ることはできないが、ときどきワークショップを開くくらいなら、本社の会議室でできるかもしれない」

「薫子さんもそうおっしゃってました」

「お客さまにとっては本社にはほかに見るものがないし、まわりにおもしろい場所があるわけじゃない。でも、この記念館があるうちにワークショップを定着させれば、そのままついてきてくれるかもしれない。それに、実績ができていれば、本社に行ってからでも企画を通しやすい」

「あたらしいお客さまが興味を持ってくれたときも、サイトに記録が残っていればどういうものかわかりやすいですし。わたしたちも慣れてくれば、いろいろ工夫できるようになりますよね」

「もっと大きく言うと、ここがなくなったあと次の記念館ができるまではこのサイト自体が記念館の代わりになるっていうことなんだ」

「記念館の代わり……」

一瞬ぽかんとしたが、なるほどその通りだと思った。通信販売とワークショップの受付ができる。和紙についての知識や情報を得られる。もちろん本物に触れるのには劣るけど、サイトもある程度記念館と同じ役割を果たすことができる。

それに、いまだって遠方の人は記念館の存在を知らない。いや、東京に住んでるわたしだって叔母と来るまでは知らなかった。わたしはここに来てはじめて和紙のよさを知った。ネットで多くの人に見てもらえば、和紙に関心を持つ人が増えるかもしれない。

「でも、そのためにもここがなくなる前にサイトをしっかりさせなくちゃいけない。展示物の写真や資料を掲載するのも大事だし、ワークショップみたいに次につなげられる活動をいまのうちに充実させる」

次の記念館……。これまではその実現のためになにをすればいいかすらわかっていなかったけれど、少し光が見えた気がした。

「わかりました。がんばります」

「ワークショップもようやく意義がわかってきたよ。よさを伝えるためには、ここでただ待っているんじゃダメなんだな」

藤崎さんの言葉に大きくうなずいた。

「いろいろ調べて、オンラインショップは文字箱と同じサービスを使おうと思った。いまサイトを作っているところは通販には少し不便で……」

「そうしたら、ショップを作るサービスの方に統一しても」

「いや、そっちはそっちでサイトの形を作るのには自由度が少ないんだよ。いまのところの方が扱いやすい。文字箱も試行錯誤してこのやり方になったんじゃないかな。オンラインショップもチケット販売も別のサービスを使うのでいいと思う」

「そうですね。リンクが貼ってあればわかると思いますし」

　ネット上のショップではそういう作りになっているところも多い気がした。

「説明の文章は吉野さんにまかせる。最後に一度僕がチェックするから。写真はこれまでＳＮＳで告知に使ったものを組み合わせれば大丈夫だよね」

「はい。写真は全部保存してあります」

「ああ、それと……。母のリサイタルの帰りに型染め紙のノートの話をしたよね」

　藤崎さんがパソコンを操作しながら言った。めぐみさんの歌を聴きながら思いついたことだった。モリノインクとのコラボで作ったインクの箱だが、せっかくきれいな型染めなのだから、それを表紙にしたノートを作るのはどうか、と提案したのだ。

「関谷さんに話したら、興味を持ってくれた。型染めの紙はきれいだけど、インクの箱だと面積も小さいし、もったいない、と思っていたらしい。ノートの表紙なら紙を大きく使えるしね。それで、モリノインクとコラボで、インクの箱とおそろいのノートを作らないか、って」

「ほんとですか？」

「うん。どうやら童謡シリーズのインク、売れ行き好調で増産が決まったらしいんだ。会社も最初はコストのことを気にしていたけど、商品もヒットしたし、もうこっちのもんです、って関谷さんが言ってた」

もうこっちのもんです。関谷さんの声が聞こえるようで、なんだか笑いそうになった。

――たぶんいけますよ。岩崎《いわさき》はちょっと渋い顔をしてましたけどね。これがあたらなかったらわたしは会社を辞める、って言ったら、仕方ないですね、って。

パッケージに型染め和紙を使うと決めたとき、関谷さんはそう言った。いろいろあったけど、関谷さんが社内で強く主張してくれたおかげで企画が通ったのだ。すごい人だと思ったし、学ぶところも大きかった。

「できれば、増産したインクを販売しはじめるタイミングに合わせて、ノートも発売したい。それで、一度吉野さんも含めてミーティングできたら、って」

「わたしもですか？」

「うん。童謡シリーズを思いついたのは吉野さんだしね。関谷さん、こういうのはやっぱりフレッシュな若い人の感性が大事だから、って言ってたよ」

藤崎さんが少し笑った。

「ノートは記念館や紙こもの市で単独販売もできる形にする予定だ。モリノインクさんが了承してくれたら、紙こもの市でインクとセット販売ができたら、と思ってる」

「いいですね、インク好きな人が買ってくれそうな気がします」

小冊子研究会の松下さんの顔が頭に浮かんだ。

「吉野さんがいっしょとなると、水曜か金曜だね。関谷さんの都合を訊《き》いてみよう」

「休館日の月曜は授業もないので、いつでも出られますが……」

「ああ、そうか。じゃあ、そのあたりも含めて関谷さんに都合を訊いてみるよ」

「はい、わかりました」

「ワークショップの受付もそろそろはじめないといけないしね。明日《あした》は本格的にサイト作りをしよう。ちょっと残業してもらうことになるかもしれないけど、大丈夫かな」

「もちろん大丈夫です！」

思わず元気よく答えてしまった。


日曜日、第一回ワークショップの概要ページ、チケット販売のページなどは昼間のうちに藤崎さんが整えてくれた。有料プランになり、ドメインも申請済み。オンラインショップサービスへの登録も済んでいたので、閉館後、さっそく各アイテムのページを作りはじめた。

組子障子のカードは柄が三種類で、ひとつの柄につき二色あるので合計六種類。色ちがいはひとつずつ項目を立てるのではなく、ひとつの項目のなかにカラーバリエーションとして設定することもできるようになっていた。

でも、トップページにはひとつの写真しか表示されない。いまはアイテム数もそれほど多くないので、ひとつずつ項目を立てることにした。

　アイテムの名前、価格、説明。説明は以前SNSで使った文章を切り貼りして読みやすい長さにまとめた。写真は枠内にアップロードするだけ。思ったよりずっと簡単だが、プレビュー画面にするとちゃんとショップらしい形に作られていた。

　次は紙の絵本。特装版は完売しているので、普及版の三種類だけ。紙こもの市では特装版も好評だったし、オンラインショップをはじめるならもう一度作ってもらってもいいかもしれないなあ、と思う。

　それから物語ペーパー。中央区からはじまって、杉並区、千代田区、台東区、江東区。来週にはあたらしく新宿区、中野区、大田区の物語ペーパーができあがってくる。新作の三種類も試作品で撮影してあるから、オンラインショップに載せることはできる。

　もう八種類になったんだ。ならべて見るとなかなか壮観だ。

　これまでは口伝《くちづ》てで広まってきたのだが、もしかしたらこれを見てほかの区から依頼が来るかもしれない。

　藤崎さんが請け負っている仕事も、ここのフォームから相談してもらえるようにしたらもっと依頼が増えるかもしれない。まあ、いまでもじゅうぶん忙しそうだし、ちゃんと態勢を整えてからじゃないとダメか。

　以前の藤崎さんは、質が落ちるからやみくもに仕事を増やしたくない、って受けつけなかっただろうけど、いまはちがう気がする。

説明文は少し時間がかかったが、大きく分けると組子障子のカード、紙の絵本、物語ペーパーの三種類しかない。文章は三種類作って、各アイテムページにコピー＆ペーストするだけ。そのあとに少しアイテムごとの説明を足す。

日曜の閉館後の残業でここまでは完了。藤崎さんに報告した。

「けっこう早かったね。文章はあとで確認しておくよ」

藤崎さんが言った。

「よろしくお願いします。あと、ちょっと気になったんですが、送料はどうしたらいいんでしょう。アイテムごとに設定できる、って書いてあるんですけど、送るのにいくらくらいかかるのか、よくわからなくて」

「僕がここから荷物を発送するときはたいてい宅配業者を使ってるけど、カード類のような小さなものは郵便の方がいいのかもしれない」

「できるだけ安いサービスを使った方がいいですよね。それにカードを送るときは折れないように厚紙みたいなものを入れないと……」

各社のサービスを調べ、試しに梱包《こんぽう》してから送料を決めることになった。

「次は水曜日だね。それまでに文章をチェックして、送料のことも調べておく。そしたらサイトをオープンだ。ＳＮＳとも連動しないといけないし、水曜もまた残業になると思うけど」

「もちろん大丈夫です！」

　スタートするんだ、と思うと、胸が高鳴った。

3

　送料や配送方法なども決まり、水曜の閉館後、サイトをオープンした。ＳＮＳでも告知、同時にワークショップの参加者の募集もかけた。

　莉子や文字箱など知り合いが早速拡散してくれたこともあって、かなりの反応があり、翌日「hiyori」の竹本さんから、折形ワークショップを取材したい、というメッセージが来た。

──サイトオープン、おめでとうございます！　掲載されていた折形のワークショップ、ぜひ取材させていただきたいです！　わたしの上司の梶井《かじい》も興味を持っており、いっしょにうかがいたいのですが、大丈夫でしょうか。

　メッセージにはそう書かれていた。藤崎さんの承諾を得て、取材ＯＫの返事を出した。記事が載るのはワークショップ開催後になるが、次の回の宣伝にもなる。

　莉子もいっしょに来るらしい。以前藤崎さんが水引を結ぶ動画をネットに公開したところ、かなりの反応があったから、今回もまた折形を作るところを動画にして配信したい、と言ってきた。

わたしから話すのはためらわれたが、清水《きよみず》の舞台から飛び降りる気持ちで提案すると、藤崎さんはあっさり、いいですよ、と言った。

折形ワークショップの内容もかたまってきた。最初に藤崎さんのレクチャー＆実演が三十分。その後、参加者それぞれに折形を二種類折ってもらう。

ひとつは結婚式などのお祝いごとに使える水引つきの檀紙《だんし》のご祝儀袋。用途に応じて水引の結び方を変える。

もうひとつは、熨斗《のし》つき箸袋《はしぶくろ》、熨斗つきポチ袋からどちらか選んでもらう。紙の端を折ることで、熨斗のように見せる形のものだ。

わたしも藤崎さんから教わって折ってみた。どれも折り方がそこまで複雑なわけではないが、きれいに折るためにはかなり神経を使う。

ご祝儀袋はまっすぐに折るだけだから簡単そうに見えるが、きちんと定規をあてて折らないと変な折れ目がついてしまう。紙は布とちがって一度変な折れ目がついたらおしまいだ。内袋と外袋の二枚を折り、さらに水引をかけるので、けっこう時間がかかる。

熨斗つき箸袋、ポチ袋の方は、熨斗の部分を折るのがとても細かい作業でこれまたけっこうむずかしい。小さな部分でも定規を当てずに折れば微妙にゆがみ、折れ目がうつくしい線にならない。

紙は薄いものだから厚さゼロのような気がしているが、実際には物質だからちゃんと厚みがある。だから何度も折ると少しずつずれが出る。

ふたつ折るだけだからそこまで時間はかからないと思っていたが、ていねいに折っていると想像よりずっと時間がかかった。藤崎さんも最初は三種類全部折ってもらうつもりでいたらしいが、時間的にむずかしいとわかり、二種類に決まったのだ。

ワークショップ開催中、だれかに受付に立ってもらわなければならない。さらに水引のときの経験から、ワークショップ自体のサポートにもうひとり必要だということになり、石井さんと松下さんに来てもらうことになった。

大学に行ったとき、小冊子研究会の部室で、松下さんにも何度か折形の練習をしてもらった。黒髪美少女の松下さんが和紙を折る姿はなかなかうつくしく、石井さんは嬉々《きき》として写真を撮っていた。

ワークショップ当日。驚いたことに、藤崎さんはレクチャー用にしっかりスライドを作ってきていた。折形の意味や歴史を表や画像を使ってしっかり説明、さらに折形の応用例も写真で紹介している。

内容が充実しているうえにめちゃくちゃわかりやすくておもしろい。人に教えるのは向いていない、っていうあれはなんだったのか。たしかに真面目で、人を笑わせるようなところはまったくないのだが、みんな聴き入っている。

そつなくこなしている様子を見ていると、心配したり苦労したりしたのが無駄だったように思えて、なんだか悔しく、この御曹司が……と言いたくなる。

さらに実演がすごかった。うしろの人が見にくいだろうということで、莉子が藤崎さんの手元を動画で撮影しそのままスクリーンに流したのだが、うつくしい手つきに会場からもため息が漏れた。

藤崎さんの手つきを見てると簡単そうだが、実際に自分で折ると、けっこう大変なのだよ……。すでに知っているわたしは心のなかでそうつぶやく。

実際、レクチャーが終わって紙を折る作業にはいると、会場のあちこちからうめき声が聞こえてきた。

竹本さんとその上司、梶井さんは三時からの回にやってきた。準備に追われていたので、簡単にあいさつした。チケットも買ってくれたらしく、ワークショップに参加したあと少しお話をうかがいたい、と言われた。

ワークショップが終わり、参加者を見送る。すぐに打ち合わせがはいっているらしく、藤崎さんは館長室に戻った。

閉館時間が近いので受付にはそのまま石井さんに立ってもらい、片づけを松下さんにお願いして、レクチャールームで竹本さん、梶井さんと話した。

「ワークショップ、いかがでしたか?」

「むずかしかったです」

竹本さんはそう言って、自分が作ったご祝儀袋とポチ袋を出した。

「やっぱり見本みたいにきれいには折れないですよねえ」

「ええ、でも、何度か練習するとだんだん慣れてきますよ」

笑って答える。

「どんなことでも基本がいちばんむずかしいって言いますからね」

梶井さんが言った。小柄で童顔、目がきらきらした人だった。

「すみません、先ほどはちゃんとごあいさつできず……。hiyoriの編集長をしている梶井と申します」

そう言って、名刺を差し出した。

「吉野百花です」

名刺はないので、そう言って深くお辞儀した。

「梶井は、hiyoriを立ち上げたメンバーのひとりなんですよ」

竹本さんが言った。

「もともとはあちこちのネットの媒体に記事を書くライターの仕事をしてたんですけど、もっと自分たちの伝えたいことに特化したメディアを作りたいよね、って話になって、同業者三人で立ちあげたんです」

梶井さんがにっこり笑う。

「資金のこともあるので、まだまだ思い通りにいかないことも多いんですが。それはともかく、ワークショップ、とても楽しかったです。ご祝儀袋とはこういうものなのか、とはじめて知りました」

「はい。わたしもここで働くようになって、はじめてご祝儀袋や水引の意味を知ったんです」

「これまで市販のものを意味もわからないまま使っていて……。形だけだったな、とちょっと反省しました」

「わたしもです」

竹本さんが言った。

「ワークショップがはじまる前に、記念館のなかも少し拝見しました。展示も工夫されてますし、和紙の棚もとても興味深かったです。竹本の記事も読んで、吉野さんが和紙を大切にされている気持ちもよくわかりました」

梶井さんが微笑む。

「ありがとうございます」

「ただ、わたしが気になったのは、和紙でこれからなにができるのか、というところなんです」

梶井さんがじっとこちらを見た。

「これからなにができるか……」

「はい」

梶井さんが深くうなずく。その真剣な眼差《まなざ》しに、少し緊張した。

「前回竹本さんにお話ししたように、和紙は素晴らしい素材です。伝統もあり、だからこそさまざまな可能性が秘められています。shizukuのパッケージを手がけたときも、和紙だからこそできる形だと思いましたし、そのうつくしさがとても新鮮で……」

「ええ、箱の写真は拝見しました。すごく素敵ですよね。繊細で、商品のイメージにもぴったり合ってる。でも、大量生産はむずかしそうですし、ほかのパッケージにくらべても割高になりますよね」

「はい。そのことはわたしたちもずっと考えていて……」

「器でも衣服でも、手作りのものはやはり高い。そういうものを持つことによって生まれる豊かさというのはたしかにあると思います。でも、やはり生活に余裕のある人たちだけのものになってしまいますよね」

　その通りだ、と思った。手のかかったものは高い。職人さんの手間を考えたらあたりまえのことだが、どうしても贅沢品《ぜいたくひん》になってしまう。

「ただ、最近は、身の丈にあった豊かさに注目が集まってますよね」

　梶井さんが言った。前に竹本さんと話したときも似たような話が出たのを思い出した。

「器も高価な工芸品ではなくて、一般の人が少し手をのばせば買える、生活の彩りになるような……」

「そうですね。実はわたしの叔母《おば》は器の店を営んでるんですが、いま大事なのは高級感ではなく『かわいさ』だって言っていました」

叔母の店で漆工芸作家の戸川《とがわ》さんの個展を開いたときのことだ。戸川さんの作品はアクセサリーが多く、漆なのにかわいらしく、カジュアルな服にもよく似合った。大学生のわたしには高価で手が届かないけれど、ほしい、と感じさせる魅力があった。

「『かわいさ』？」

竹本さんが訊いてくる。

「器を買う層が変わって、高級であることよりかわいらしさや自分の好みが重視されるようになっている、ということです。それが先ほどおっしゃっていた『身の丈に合った豊かさ』という言葉とつながる気がして」

「はい。通じるところがあると思います」

梶井さんがうなずく。

「いまはどんなものでもどんどん安く作れるようになって、それでも用は足りますから、どうしてもそっちに流れてしまうと思うんです。でも、今日折形を学んで、そうなるとものにこめられた想いがどんどん希薄になってしまうんだと気づきました」

「そう思います。紙を折る時間がなくなれば、紙の感触も忘れてしまいますし」

「折ること自体が儀式なんですよね。日々忙しくて、そんなことに時間をかけるほど余裕はない、とも思いますけど、相手のことを思って紙を折る時間、そういうものを捨ててしまったら、心もどんどん目減りしていく気がします」

心も目減りしていく。わたしの言いたいことはまさにそれだ、と感じた。

「なにかを感じるためには、時間をかけなくちゃいけないんですよね。できたものを買えば時間は節約できますが、その分、思いも減ってしまう」

　そう言うと、梶井さんがうなずいた。

「もちろん、現代人はむかしの人のような生活はできないと思います。ただ、身のまわりがすべて工業製品だけになると、なんとなく心がかさついてくる、ということはあると思うんです。だから小さくても手触りのあるものを求める。ステイタスのためじゃないんです。自分が好きになれるものを身近に置いて使うために」

「紙こもの市に来る人たちもそうかもしれません。紙小物は器や服にくらべたら安いものですけど、手のかかったものを持つことで、豊かな気持ちになります。うつくしい紙、かわいい紙を見ると、手作りへの欲求も湧いてきますし」

「手作り自体にしあわせを感じるんですよね。わたしもふだんはパソコンにばかり向かう日々なんですが、キーボードやマウスじゃないものの手触りが無性にほしくなるときがあります。別に手芸やなにかができるわけじゃ、ないんですが」

　梶井さんが笑った。

「だから、今回、紙を折るという行為にもすごく魅力を感じたんです。自分にもできるし、実用的だし、歴史を知る喜びもある。心を整える効果もある。現代人にアピールする要素があると思います。今回みたいなワークショップはすごく有効だと思います」

「ありがとうございます。わたしたちもそう考えて、ワークショップを定期的におこなうことにしたんです」

「ええ、サイトで読みました。定着させるためにもいいアイディアだと思います。グッズも素敵ですし、オンラインショップを作ったのも正解だと思います。問題は、どうやって多くの人に届けるか、ですよね」

すごいなあ、と思った。視野が広いというか。メディアを三人で立ちあげたという話だったけど、やっぱり先見の明があるということなのかな。

「そうなんです。それと、実は……」

言うべきかどうか少し迷ったが、記念館の今後について話してみることにした。梶井さんならどうするか、訊《き》いてみたかったのだ。

「これはここだけの話で、記事にはまだ書かないでいただきたいのですが、来年の春にはこのビルを処分することが決まっているんです」

「じゃあ、この記念館は？　どこかに移るんですか？」

梶井さんが少し驚いたように言った。

「いえ。移転先もまだ……。本社の藤崎産業も記念館を続けたい気持ちはあるのですが、場所がないみたいなんです。本社の社屋内には空きスペースがなく、ほかを借りるとなったら賃料もかかりますから」

「なるほど。ここは自社ビルなんですね」

「はい。ただ、建物は壊して、土地を売却するとか……」

「それは残念ですね」

竹本さんが言った。

「サイトを作ったのは、そのこともあるからなんです。本社も記念館を丸ごと移すだけのスペースはありませんが、会議室を借りてワークショップをおこなうことはできるようですし、通販だけなら店舗がなくてもできます」

「バーチャルな記念館にする、ということですね」

「はい」

わたしがうなずくと、梶井さんはじっと黙った。

「とりあえずはそうするしかないんでしょうけど……」

ややあって、梶井さんが口を開いた。

「展示物を見ることはできなくなるわけですよね」

「そうですね。サイトに写真や動画をできるだけ載せたいとは思っていますが……」

「やっぱり本物を見るのとはちがいますよね」

梶井さんはそう言って、うーん、と考えこむ。

「ちなみに、展示物はどうなるんですか？」

竹本さんが訊いてきた。

「そちらは倉庫に保存してくれるようです。棚にある紙も……」

「よかった。そちらも処分されてしまったら、と心配になって」

竹本さんがほっとした顔になった。

「いつかはまた記念館を、という夢はあるんです。とくに前社長夫人が和紙の製造元の生まれで、和紙への造詣《ぞうけい》も深く、和紙文化を広めたい、という思いを持っているので。ただ、あたらしい場所に移ろうとすれば大きなお金がかかりますし」

「記念館としてはどう考えているんですか？」

梶井さんが顔をあげ、こっちを見た。

「もちろん続けたいと思ってます。とりあえずはサイトでつなげるにしても、本物に触れないとわからないこともありますし、実物にはかないませんから」

「それはいまここにある記念館をそのまま別の場所に移したい、ということですか」

梶井さんが訊いてくる。

「ええ、そうですが……」

そのまま……別の場所に……？　どういう意味だろう。それ以外のことを考えたことがなかったので、意図がわからず少し戸惑った。

「この記念館、たしかに収蔵品は充実していますけど、かなり古いですよね」

「はい。でも、だいぶ工夫して、見やすくはしているつもりです。紙漉《かみす》きの動画を見られるようにしたり、紙の引き出し棚の上に小さな見本を置いたり……」

「ええ、もともとあったものに少しずつ手を加えていることはわかります。でも、もう一度記念館を作ることになったとき、このままでいいんでしょうか。もっと……」

梶井さんはいったん言葉を切って、天井を見あげた。

「なんというか、全体のビジョンを持たないといけないんじゃないでしょうか」

「全体の……ビジョン……」

これまで考えたこともなかったことを言われ、頭がぐるぐるした。

「いまの時代に和紙を広めるための施設を作るとしたら、この形でいいんでしょうか。ワークショップもグッズもすごくいいと思います。わたしたちが忘れていた、でも大切なものをわかりやすく目の前に提示してくれている。展示物もたしかに興味深いですし、貴重な資料だということはわかります。でも、和紙に興味のない人にアピールするか、と言われたらよくわからない」

そうかもしれない、と思った。ここにある展示物、わたしも最初にここに来たときはぴんとこなかった。価値がわかるようになったのは、美濃で紙漉きを体験したり、職人さんたちの話を聞いたり、祖母と水引を結んだりしてから。

「ここにあるものを少し工夫して見せるという考え方じゃなくて、いまの人たちに和紙をどう提示すればいいのか、一から考えた方がいいように思います。そうしないと、いま記念館を作る意味がないんじゃないでしょうか」

梶井さんの言葉に衝撃を受けた。そうか、「ここから引っ越す」のではなく、「あたらしく作る」と考えなければならない。会社にとっても、別の場所で記念館をはじめるからにはあたらしい意味が必要なんだ。

「記念館を最終的にどういう形にしたいのか。そのイメージをはっきりさせて、それを実現する方法を考える。記念館を作る目的はなんなのか、だれをターゲットにするのか。その上で、前面に出すところと切り捨てるところを決めて、具体的な形にする」

梶井さんの言葉がぐいぐい心のなかに食いこんでくる。いまここにあるものを生かす、と考えるんじゃなくて、最終的にどういう形にしたいか、ということから考える。

「いま作る意味がある、社にとって利益がある、と判断すれば、会社もお金を出すんじゃないでしょうか」

そうかもしれない。会社を動かすためには「記念館が貴重だから」というだけじゃだめなんだ、と気づいた。

「いまはクラウドファンディングとかもありますよ」

竹本さんが言った。

「クラウドファンディング……ですか？」

名前は聞いたことがある。前に森沢先輩が話していた。ネット上で個人から支援を募るシステム、だったかな。

「そうそう。起業とか、新商品開発とか、表現活動とか、自分のやりたいことをネットで発表して、個人の支援を募るんですよ。古い建物を守る、とか、伝統工芸を守る、みたいな目的で活用している人もけっこういるみたいですよ。わたしが取材した人のなかにもいました。ええと」

竹本さんがスマホを操作し、こちらに見せた。

「こちらは陶芸のお店で……。店舗兼体験工房を作るために宿場町にある古民家を改築する、という計画でクラウドファンディングを使ったそうなんです。無事目標額を達成して改築も完了、今年から営業をスタートしたんです」

スマホの画面を見ると、茅葺《かやぶ》き屋根の古民家の写真が載っていた。土間には焼き物がならび、ろくろを使った陶芸体験を楽しむ人たちの写真もある。

「伝統工芸を使った新商品開発の事例も見たことがあります。梶井さんの知り合いでクラウドファンディングで起業した人もいらっしゃいましたよね」

竹本さんが梶井さんに訊いた。

「ええ。藤崎産業くらい大きな会社だと銀行からの融資になると思うんだけど。いずれにしても、会社のイメージアップにつながるようなプラスの要素がないとね」

梶井さんが言った。

「クラウドファンディングの事例を見てみるのも参考になるかもしれない。人々がどういうプロジェクトを求めているか、どういうアピールをすると人々の心をつかめるのかがわかると思うし。もちろん個人と企業では見るところがちがうと思うけど」

「個人の場合、利益よりその人の夢に共感できるかという部分が大きくなるような気がしますけど。将来性があるとか、わくわくする感じとかはやっぱり大事だと思いますし……」

わくわくする感じ。竹本さんのその言葉が心に響いた。

記念館で働くようになって、わたしはずっとわくわくしている。出会うものみんなあたらしく感じる。ほんとはむかしからあったものばかりだが、わたしたちが生まれる前に途切れてしまって、みんなそれがあったことを忘れてしまっている。

だから出会ったときに、かつてはこんなすばらしいものがあったのだ、と驚く。それをしっかり形にしないといけないんだ、と思った。


話が終わるともう閉館時間で、石井さん、松下さんも莉子や竹本さんたちといっしょに記念館を出た。五人を見送り、記念館を閉めて館長室に戻る。

「おつかれさま」

藤崎さんが言った。

「藤崎さん、レクチャー、すごくよかったです」

さっき言えなかったことをようやく口にした。

「そうかな？　詰めこみすぎたかな、とちょっと反省していたんだが……」

藤崎さんはほっとしたように言った。

「そうですね、もう少し笑いの要素があったら場がなごんだかもしれませんけど、梶井さんたちもおもしろかったっておっしゃってました」

「よかった。さっき松下さんが集めてくれたアンケートを見たよ。満足度が高かったみたいで安心した」

真ん中のソファテーブルの上にアンケートの用紙が載っている。わたしはまだ目を通していなかったので、近寄って手に取った。ぱらぱらめくる。みんなレクチャーにも受付方法にも満足しているみたいだ。

最後の「今後もワークショップに参加したいですか」の問いには、ほとんどの人が「はい」か「内容による」に丸をつけてくれていた。

藤崎さんのレクチャーはスライドもあって内容が充実していたから、今後もあれと同じクオリティを維持するのはなかなかたいへんかもしれないけど……。

「そうそう、モリノインクの関谷さんとの打ち合わせの日程が決まったよ。来週の金曜日。閉館後にこちらに来てもらうことになった。だから、その日は少し残業になる」

「はい、わかりました」

手帳に予定を書き入れる。

梶井さんと話したことについても藤崎さんに報告したかったが、これはもう少し自分のなかで考えをまとめてからにしよう、と思った。

家に帰ってから、クラウドファンディングのサイトをいくつか見てみた。新規事業の立ちあげ、新商品開発、映画や本の制作、イベント開催、古い施設の存続……。さまざまなプロジェクトがならんでいる。

記念館の存続に近いものもあった。見ているうちに、あたらしい場所を作るプロジェクトとなると目標額が数百万円を超えるのだ、と気づいた。

いまのような場所にもう一度記念館を作るということになれば、場所代だけで相当な額になる。数百万円じゃすまないだろう。記念館をあたらしくするためには、それだけのお金がかかるということなんだ。

その価値があるとみなされなければ会社もお金は出せない。あらためて、ただ古いものが大事というだけでは動かないんだな、と感じた。

4

金曜日、関谷さんが記念館にやってきて、型染め紙のノートのことを相談した。

表紙はインクのパッケージと同じ型染め紙を使う。内側にそのインクのテーマになった童謡の歌詞を活版で印刷した遊び紙を入れ、なかの紙は万年筆で書くのに適したものを使う、と決まった。

モリノインクとしては、童謡シリーズの売れ行きがいいので、ノートとのセット販売をおこなうなら、増産したインクだけではなく新色をふたつくらい発売しようということになったらしい。

前回作ったのは、四季に合わせて「春の小川」「花火」「夕焼小焼」「雪」の四曲。

わたしはこの前めぐみさんのリサイタルで聴いた「故郷」を推薦した。めぐみさんの歌声のすばらしさもあるが、会場にいた人たちはみな「故郷」のメロディに涙ぐんでいた。関谷さんも同意し、一色は「故郷」に決定。もう一色は、関谷さんのあげた「海」と決まった。

「となると、染め屋さんに新色の染めをお願いしないといけないですね」

藤崎さんが言った。

「柄はまた前回と同じ人にデザインしてもらうことにします」

関谷さんが答える。

前回、コストをおさえるために型染めの絵柄は全部統一し、色だけインクと合わせて変えるというプランを提示したのだが、関谷さんがせっかくだから柄も全部変えましょう、と社内で通したらしい。だからいまはインクごとに四つの柄がある。

「『故郷』と『海』……。どんな色にしましょうかねえ」

関谷さんは目を閉じ、じっと考えている。

「色が決まったら染めの工房に行ってきます。柄の相談もそのときにしてきますよ」

「藤崎さん、工房に行かれるんですか」

関谷さんが興味津々という顔になる。

「京都の古い工房なんですよ。型染めは手間がかかるので、いまは手がけているところがあまりなくて……」

「そうなんですか？　京都なら千代紙を作ってるところ、まだまだあるんじゃないですか？」

関谷さんが不思議そうな顔になった。

「いえ、型染めというのはちょっと特殊なんです。柄のついた染めには型刷りと型染めがあって、工程がちょっとちがうんですよ」

藤崎さんが答える。

「どちらも伊勢《いせ》型紙のような紙をくり貫《ぬ》いた型紙を使うんですが……。型刷りっていうのは、和紙に型を当てて、その上から色をのせる。そうすると型のくり貫いた部分に色がのります。多色にする場合は、いくつも型を作って重ねていく。でも、型染めの方は、色じゃなくて、まず防染糊《ぼうせんのり》をのせるんです」

「防染糊……？」

関谷さんが首をひねった。

「型の上から糊をのせるんです。これを乾かすと、糊がついている部分には色がのらない。糊がついた紙を乾かしてから、もう一度紙全体を顔料で染める。先に糊がのった部分には色がのらないので、最後に糊を水で洗い流すと、型の部分が白抜きされた図柄ができあがるんです」

「ああ、なるほど」

「着物の布では奈良時代から使われている技法ですね」

「ああ、友禅染とかそういうのですか？　そういえば大学時代に染色の授業で習ったような……」

関谷さんが言った。関谷さんは美大のデザイン学科の出身なのである。

「でも、そうしたら、型染めの方が手がかかりますよね。型刷りの方は刷るだけですけど、型染めの方は糊を塗って、染めて、糊を洗い流して、ってなるわけですから……」

わたしが言うと、藤崎さんがうなずいた。

「そうそう、糊を完全に乾かしてからじゃないと染められないし、染めたものが完全に乾いてからじゃないと糊を洗い流せない。だから何倍も時間がかかる」

「うーん、ますます気になるなあ。藤崎さん、いっしょに見学させてもらうことってできませんかね」

関谷さんが言った。

「見学ですか。おおっぴらに見学や体験を募集したりはしていませんが、地元の小学校の見学などは受けつけているみたいですし、頼めば応じてくれるかもしれません。訊《き》いてみます」

「ありがとうございます」

関谷さんが頭をさげる。

「あの……わたしも行ってもいいでしょうか？」

もうあまり手がけている場所は残っていないという話だったから、この機会をのがすと見ることができないかもしれない。

「吉野さんも？　そうだな、今後の勉強のためにも見ておくのはいいかもしれない。じゃあ、ふたり同行ということで訊いてみますよ」

「ありがとうございます！」

ほんとうなら小冊子研究会の取材を兼ねて莉子たちも誘いたいところだが、大勢で行くのはむずかしい雰囲気だ。貴重な機会だし、わたしひとりでもきちんと記録を取らなければ。

せっかく京都に行くのだからいろいろなところをまわってみたい……などと思ったが、今回は藤崎さんや関谷さんと行く出張である。記念館を休むわけにもいかないし、月曜日に日帰りと決まった。

藤崎さんひとりだったころは来館者も少ないし、出かける用事があるときは臨時休館にしてしまっていたみたいだ。去年、名古屋の紙こもの市から美濃に出かけたときもそうだった。

だが、来館者が増えてきたいまはそういうわけにもいかない。hiyoriに紹介されたおかげだろうか、最近は女性客が増えたような気がする。文字箱のお客さまのような、三十代、四十代の女性が多いが、わたしと同じくらいの人の姿もちらほら見かける。

少しずつだけど、広まってきているんだな、と思う。春に記念館がなくなってしまう前にきちんとサイトにつなげよう、と心に決めた。

藤崎さんが工房の人に都合を問い合わせ、京都行きは二週間後の月曜と決まった。せっかくだから京都の紙屋さんを何軒か見てから工房へ、という話になったようで、朝早い切符を渡されて、新幹線のなかで集合しましょう、と言われた。

電車、まちがえないようにしないと。前日の夜はなんだか緊張して、目覚ましを早めにセットして眠った。

目覚ましが鳴るより早く目が覚め、朝食をとって家を出た。撮影やメモに使うスマホは取り出しやすいように小さめのポシェットに入れ、ほかの荷物はカバンに入れた。紙屋さんで買い物をしても大丈夫なように大きめのカバンを選んだ。

新幹線がはいってくるまでホームをうろうろしていると、関谷さんの姿が見えた。日帰りのはずなのにキャスターつきのトランクをごろごろ転がしている。

「ああ、吉野さん、おはようございます」

「おはようございます。今日はよろしくお願いします」

駅弁らしき袋を手にぶらさげている。

なにを買ったのかな、と思ってちらっとのぞくと、釜飯《かまめし》のような容器が見えた。

「いやいや、軽くサンドイッチでも、と思って駅弁の店にはいったらこれが目について。おさえられずに買ってしまいましたよ」

関谷さんはうれしそうににこにこしている。

しばらくふたりで話していると、藤崎さんがやってきた。いつもと変わらないスーツ姿。手にはカバンだけである。あいさつするとすぐに新幹線がはいってきた。三人がけの席で、窓際に関谷さん、真ん中に藤崎さん、わたしは通路側である。駅を出ると関谷さんはすぐにお弁当をあけ、わたしひとりだと食べにくいですねえ、などと言いながらも、楽しそうに食べはじめた。

食事が終わると、関谷さんはカバンから紙をはさんだフォルダーを取り出した。なかには「故郷」と「海」用の柄のラフがはいっていた。型染め紙は大きな紙で染めるが、パターンをくりかえして紙面を作るので、ラフはＡ５サイズ程度の大きさだ。

「故郷」は、さざなみのような模様のなかにうさぎや小鮒《こぶな》を配置したものが三種類。うさぎや小鮒の形や大きさが少しずつちがう。「海」は、古典柄の青海波《せいがいは》の変形のようなパターンと、もっとゆったりした曲線でできた波の模様の二種類だった。

どれもとても素敵だ。

関谷さんは、うさぎや小鮒の柄がいちばん小さいものと、ゆったりした波の模様がよいのではないか、という意見だった。

「そうですね、インクのパッケージの方は小さいですから、これより大きな柄だとうさぎや小鮒がきちんと見えないかもしれない」

藤崎さんもうなずく。

「青海波もきれいですからね、迷ったんですが、『海』の歌にはちょっと激しすぎるというか、スタイリッシュすぎるような気がして。ゆったりした柄の方が歌に合ってるんじゃないかと」

「ゆったりした波の方は柄が大きいので、パッケージにしたとき、ものによって柄の出方がだいぶ変わってしまうかもしれませんね。でも、僕もこちらの方がいいと思います。広々した雰囲気が出てる。ただ……」

藤崎さんは歌詞に沿って、月や船を入れてみてはどうか、と提案した。波の模様だけだと青一色になってしまうが、少し別の色がはいっていた方がはなやかさが出るのではないか、と。

「たしかにその方が締まるかもしれませんねえ」

さざなみにうさぎ、小鮒、海の波の模様に月や船。それぞれどんな色にするか、ふたりで意見を交わしている。わたしも思うところはあったけれど、ふたりの話がおもしろく、すっかり聞き入ってしまっていた。

関谷さんはときどきラフの隅にメモを書き入れている。関谷さんがそうしたメモにも万年筆を使っていることに気づいた。使っているインクも青と緑の中間のような、なんとも言えない色である。

「それもきれいな色ですね」

わたしが言うと、関谷さんがうれしそうに笑った。

「これは試作品なんですよ。『海』のインクの。でももう少し青みを強くしようと思ってるんです」

「モリノインクさんのインクはみんな染料ですか」

　藤崎さんが訊いた。

「カラーのインクはすべて染料インクです。顔料は黒一色だけ」

　関谷さんが答える。染料？　顔料？　なんのことだろう。

「すみません、染料、顔料ってなんですか？」

「簡単に言うと、溶剤に溶ける着色剤が染料、溶けないものが顔料だね」

　藤崎さんが言った。

「溶剤に溶けないって……じゃあ、どうやって……」

　インクはどれも液体だ。水に溶けないものをどうやってインクにするんだろう。

「溶けこまない状態で均一に混ざっている、ということです。日本画や油絵の絵の具は顔料、食紅や繊維を染めるのは染料です」

　関谷さんが言った。

「万年筆のインクは、染料、顔料、それともうひとつ、古典インクと呼ばれる没食子《もっしょくし》インクというものがあります。うちでは作ってないんですが」

「どうして染料インクばかりなんですか？」

「染料、顔料ともメリット・デメリットがあるんですよね。染料は混色しやすいし、扱いやすい。その代わり、水にも光にも弱いんです。水に濡《ぬ》れると滲《にじ》むこともあるし、退色もする。その点、顔料は耐光性、耐水性にすぐれているんです」

「長期保存したい書類には顔料インクの方がいい、と言いますよね」

　藤崎さんが言った。

「ええ。でも、デメリットもある。インクが固まるんです。万年筆に長い時間入れっぱなしにしておくと、固まって水では流れなくなる。そうなるとインク詰まりを起こして、書けなくなってしまいます」

「詰まる？」

「顔料インクを使うとメンテナンスがたいへんだし、初心者にはむずかしいということもあって、うちはほとんど染料インクなんです。顔料インクは黒一色だけ。必要な人もいますからね」

　わたしの万年筆にはいっているインク、大丈夫だろうか。

　母から父の万年筆をもらったあと、どのインクを入れたらいいのかわからず、文具店に相談に行った。父はブルーブラックを使っていたらしく、店員さんに訊いたところ、いまはミッドナイトブルーという名前に変わったと言われ、そのインクを買ったのだ。

　でも、そういえばあのとき、ミッドナイトブルーは染料インクだと説明されたような……。

「染料インクの場合は特別の手入れはいらないんでしょうか。実は、最近わたしも万年筆を使うようになったんです」

「え、ほんとに？」

関谷さんがうれしそうな顔になる。

「はい。古いものなんですけど、書き心地がいいし、インクを入れるのも慣れてくると楽しくて……」

「万年筆はとにかく日々使うことがいちばんなんですよ。長期間使わないときはインクを抜いて洗浄する。数ヶ月使わずに放置すると、染料インクでもトラブルを起こすことがあります」

関谷さんが言った。

「それから、別の色のインクに変えるときは万年筆の内部をきれいに洗浄すること。混色ＯＫのインクもあるんですが、インクは化学物質ですから、同じメーカーのインクでも混ぜると化学変化を起こすことがあります。洗浄したあと、完全に乾燥させることも大事です」

やっぱりデリケートなものなんだな。でもそうやって手入れに責任を持つことで万年筆とのつながりが強くなるのかもしれない、とも思った。

5

新幹線の改札口を出ると、観光都市らしいショップがならんでいた。

「京都、久しぶりだなあ。いいですね、いろいろ見にいきたくなる」

関谷さんはテンションが高い。

「まあ、会社には視察って名目にしてありますけど、すっかり休暇気分ですよ」

それでいいのか、とも思うが、そんなふうにふるまっていても関谷さんが切れ者であることはよく知っている。

もちろん観光する時間の余裕などなく、京都市営地下鉄烏丸《からすま》線でまっすぐ四条《しじょう》駅に移動。その周辺の和紙関係の店をはしごした。さすが京都。和紙の店だけでかなりの数があった。品数も多い。

京都の和紙、各地の和紙、染められた紙、もみ紙、柄のはいった紙、襖紙《ふすまがみ》、そしてさまざまな紙雑貨。便箋《びんせん》、封筒、一筆箋、ハガキ、扇面箋、熨斗《のし》袋にポチ袋、懐紙に懐紙入れ、栞《しおり》、御朱印帳。色紙に千代紙。針箱、手文庫などさまざまな箱や扇子。

見たことのないものも多く、どれもとてもうつくしい。紙製品ってこんなにあったのか、とため息が出た。紙漉《かみす》きや紙雑貨作りの体験をおこなっているお店もあり、楽しみながら和紙に親しんでもらう工夫が凝らされている。

関谷さんは、海外からの観光客にとってもいいですよね、と言った。工芸品がほしいと思っても、着物や器は高価でなかなか手が出ない。その点、紙製品ならそこそこの価格で日本的なうつくしさを持ったものが手にはいる。

でもそれは、日本人のわたしたちにとっても同じだ。ここにあるものはどれもうつくしく、かわいい。暮らしのなかにしっくり馴染《なじ》む。伝統的なうつくしさとは少しちがうかもしれないが、和紙の良さをしっかり伝えている。

やっぱり、知識として紹介するだけじゃなくて、うきうき、わくわくさせるところがないとダメなんだな。

――展示物もたしかに興味深いですし、貴重な資料だということはわかります。でも、和紙に興味のない人にアピールするか、と言われたらよくわからない。

梶井さんの言葉を思い出す。

――ここにあるものを少し工夫して見せるという考え方じゃなくて、いまの人たちに和紙をどう提示すればいいのか、一から考えた方がいいように思います。そうしないと、いま記念館を作る意味がないんじゃないでしょうか。

――記念館を最終的にどういう形にしたいのか。そのイメージをはっきりさせて、それを実現する方法を考える。記念館を作る目的はなんなのか、だれをターゲットにするのか。

ここにいるとそれが少し見えてくる気がした。どの店も素敵だし、工夫している。記念館に取り入れたい要素はたくさんある。でも同時に、記念館が目指すところは、どの店ともちがう気がした。

なんだろう。なにをすればいいんだろう。ちょっと見えた気がしたのに、理想の姿を思い描こうとすると、また遠のいてしまう。

紙漉きの道具が展示されていて、解説の映像があって、いま記念館にある和紙のコレクションがすべて見られて、販売コーナーも拡大して小物をいろいろ置いて、ワークショップや紙漉き体験もできたらいい。

夢はどんどんふくらむが、お金のことだってある。東京の街でそんなスペースを確保しようとしたらどれくらい場所代がかかるのか。工事費だってかかるだろう。

いまの記念館は家賃はタダだし、従業員も藤崎さんとわたしだけ。でも、物販やワークショップに力を入れるようになれば人件費もかかる。その分稼がなければならない。実現することのむずかしさを考えると、うーん、となるしかなかった。

時間になり、タクシーで染め工房に移動した。お店はだんだんなくなり、郊外のような雰囲気になってくる。染めの工房というからむかしながらの建物がならぶ地域なのかと思っていたが、ふつうの住宅地のなかにあるみたいだ。

道が入り組んでいるので途中で車を降り、住宅地の細い路地を歩いた。工房自体は町工場のような少し大きな建物だったが、表に大きく看板が出ているわけでもないから、通りかかっただけでは気がつかないだろう。

玄関をはいるとすぐに事務所だった。グレーのスチール棚にスチール机。昭和っぽい雰囲気の漂うソファ。窓にもレトロなカーテンがかかっている。スチール棚のなかには柄のはいったきれいな紙で作られた小物がならんでいた。

社長さんがやってきて、ソファの向かいに座る。関谷さんより少し若い感じで、代々続いてきた工房を数年前に受け継ぎ、社長になったのだそうだ。藤崎さんは何度か顔を合わせたことがあるようで、工房の最近の様子を訊《き》いている。

外国人観光客の増加にともなって、和紙小物の売れ行きも好調。店はどこもにぎわっているが、後継者問題を抱える製造元も多く、たたんでしまうところも増えているという話だった。

和紙の染めには型紙を使う。古くから伝わる型紙は店の財産だ。処分すれば同じものは二度と手にはいらない。だから、たたんだ店の型紙を引き継ぐこともあるらしく、最近も一軒分、型紙を引き取ってきた、と言っていた。

関谷さんが持ってきたラフを見ながら図柄や色を相談する。二種類とも関谷さんが選んだものと決まり、海の方には月と船を別色で入れることも決まった。次回はインクのパッケージだけでなく、ノートを作るという話もした。

「前の四種類もノートを作るつもりなので、今回は前回より多くお願いすることになりますが、大丈夫でしょうか」

藤崎さんが訊く。

「ノートとなると使う面積も大きくなりますよね。まずはどれくらい必要か数をいただければ。それで見積もりを出しますよ」

社長さんが言った。

「製本はどうされるんですか？」

「わたしがいつも頼んでいる業者にお願いするつもりです。糸綴《いとと》じにして、しっかり開けられるようにしたいですし」

そういえば紙の絵本のときもそうだった。藤崎さんはノートは開いたときに平らにならないと使いにくい、とこだわって、綴じ方を決めたのだった。

「図柄、清書ができたら藤崎さんにお送りすればいいでしょうか」

関谷さんが言った。

「ええ、それで大丈夫です」

「それならうちに直接送ってもらってもいいですよ」

社長さんが言った。

「じゃあ、こちらと藤崎さん、両方に送りますよ。その方が早いですね」

関谷さんが答えた。

「まずはそんなところでしょうか。今日は工場を見学したい、というお話でしたよね。そしたら、そろそろ見に行きましょう。いまなら職人が作業中ですし」

社長さんに言われ、立ちあがる。

「よろしくお願いします」

関谷さんとふたり、頭をさげた。

社長のあとについて、事務所の奥へ。柄のはいった紙がたくさんならぶ倉庫のような場所を抜けて階段をのぼった。二階が型染めの作業場らしい。木造のようだが、天井がとても高い。むかしの学校の講堂みたいだ。

頭上には縦横に鉄のパイプが渡っていて、そのうえに木の枠にはまった板のようなものが何枚ものっている。型というものらしい。染めるときに使う模様のようなものだ。あれが全部型なのか。ちょっと数えきれないほどのすごい数である。

「型染めの工程はもう藤崎さんから聞かれているかもしれませんが」

社長さんがそう言って、近くにあった大きな台のそばに立った。

「ええ、最初に糊《のり》を塗って、染まらない部分を作るとか。でも正直、言葉だけだとちんぷんかんぷんで……。わかったような、わからないような、という感じです」

関谷さんが苦笑いする。

「まあ、そうかもしれませんね。ちょっとややこしいですから」

社長さんが笑った。

「その糊を塗る台というのがこちらなんです」

台では女性の職人さんが作業しているところだった。

「この板のうえに和紙をのせて、上から型をあてるんですね」

職人さんが木の枠にはいった型を置く。

「型には模様がはいっています。色を入れたくない部分が切り抜かれていて、その上から糊を置きます。防染糊です。糊が乾いたあと色をのせるんですが、こうしておくと防染糊を置いた部分には紙に色が直接つかない。だからその部分は染まらないんです」

職人さんがヘラで糊を塗りはじめた。

「糊はむかしながらの作り方で、気温や湿度によって硬さを調節してます。ただ塗ってるだけに見えますけど、均等に糊を置くのはけっこう熟練が必要なんですよ」

「そうですよねえ、糊のない部分があると失敗しちゃいますよね」

関谷さんが言うと、社長さんがうなずいた。

「糊のついた紙は一晩しっかり乾かします。乾いたら地染めです。和紙全体に刷毛《はけ》で摺《す》り込むように、色をのせていくんです。色止めのため、大豆の汁と混ぜて使います」

「大豆の汁？」

関谷さんが目を丸くした。

「つまり豆乳ですね。豆乳のタンパク質が接着剤の役割を果たして、紙に色を定着させるんです。樹脂で作った化学薬品もあるんですが、それを使うと最後に糊を落とすときにうまくいかないんですよね。防染糊も全部くっついてしまって、水に入れても剝《は》がれなくなる」

「なるほど。そういうものなんですか」

関谷さんが大きくうなずいた。

「色をのせた紙はこちらにおいて、二、三日乾かします」

窓際の棚の前に移動し、乾燥中の紙を見せてもらった。糊のついた部分が透けて見えるが、全体が色に染まっている状態だ。

「完全に乾いたら次は水元《みずもと》です。下にある水槽に入れると、防染糊がふやけて浮いてきます」

「水につけちゃうんですか？」

関谷さんはまたびっくりした顔になる。

「そうなんです。一時間くらいつけておくと自然に糊が浮いてくる。そうしたら引きあげて、刷毛で糊を落としていきます。下で作業中ですから、見てみてください」

社長さんについて階段を降りる。細長い部屋には水道がならんでいた。ここにも女性の職人さんがいて、水のなかで和紙の糊を洗い流しているところだった。

「ちょっとさわってみますか？」

社長さんに言われ、水のなかに手を入れた。紙をなでるとぬるっとした感触があり、糊が取れて模様がくっきり浮かびあがってきた。

「うわあ、きれいですねえ」

思わず声が出る。

「これを乾燥させてできあがりです」

「紙なのに、こんなふうに水につけておいても大丈夫なんですか」

関谷さんが言った。

「大丈夫な紙を使ってるんですよ。型染めっていうのはもともとは布を染める方法ですからね。水洗いに耐えられる紙じゃないと、使えないんですよ」

社長さんがにこにこ笑う。

水のなかでゆらゆらと、あざやかな花の柄が揺れている。

「うちが染め紙をはじめたのは戦後のことなんです。むかしは白い紙がうつくしいっていう考えがありましたから、紙を染めることに抵抗を感じる人もいたみたいですけど」

社長さんが言った。


もう一度二階に戻り、型をいろいろ見せてもらった。型染めは古来柿渋を塗った伊勢型紙を使う。細かい柄を切り出した伊勢型紙は、それ自体がうつくしくて見ているだけでどきどきした。

最近はシルクスクリーンの版と同じ方法で作ることもあるらしいが、いまでも先代から受けついだ古い型紙も使っているのだそうだ。

古典柄については、先代からずっと同じ型を用い、同じ色の紙を作っているが、いつも同じ色を出すのはなかなかむずかしいらしい。だから調色担当の職人さんが目で確認しながら調色していくのだと言っていた。

社長さんの許可を得て、写真もいろいろ撮った。

型を置く台や、型を保管するための棚。糊をのばすヘラや、色を置くための刷毛。使いこまれた道具のひとつひとつをきちんと記録しておきたかった。

6

駅の方に用事があるということで、帰りは社長さんが車で京都駅まで送ってくれた。

関谷さんは明日《あした》、静岡にある支社に用事があるということで、帰りはひかりに乗るらしい。わたしたちはのぞみなので、ここで別れることになる。トランクを持っていたのはそういうことだったのか、と思った。

「静岡に支社があるんですね」

藤崎さんが訊《き》く。

「ええ、大きな工場がありましてね。うちは筆記具のインクからはじまった会社ですが、いまは印刷用インキや工業製品用の塗料なんかも作っていて、いま会社を支えているのはそっちなんですよ」

「そうなんですね。藤崎産業もいまは和紙の部門はほんとに小さくて。印刷用紙の部門もありますが、ティッシュペーパーのような家庭紙や医療用の不織布の部門の方がずっと大きいです」

「静岡工場はハイテクで、ぴかぴかなんですよ。入口にもカードをかざして開くゲートみたいのがあって、近未来ＳＦみたいで……。わたしみたいな旧世代の人間は行くたびにおどおどしてますよ。なにしろ東京の社屋は昭和のビルですからね」

関谷さんが笑った。

「明日は月に一度の全社会議があって、そこで筆記用具部門の最近の取り組みについて発表せよ、と言われてるんですよ。それで昨日まで苦手なパソコンと向き合って、ずっと資料を作ってました。作りながら、いや、もう、こんなのハイテクの人たちに話してどうすんの、って思ってましたよ」

困りきった表情を見ていると、ちょっと笑ってしまった。

「だいたい、もう会議の資料も全部パソコンで作って、データで共有して、っていう時代でしょう？　もう紙にも印刷してないんですよ。それなのにこっちは、筆記用具を使って手で紙に文字を書く話をしてるんですから。旧世代そのものですよ」

「でも、いまはカラーインクブームじゃないですか」

わたしは言った。

「まあ、それでお声がかかったみたいなんですけどね。ブームって言っても、それは文具業界の話で、ハイテク部門からしたら小さい話ですからねえ。ちゃんと聞いてくれるのかな、って、もうやけっぱちですよ。まあ、会議は午前中ですから、終わったら静岡の文具店をまわって営業してこようと思ってますけどね」

関谷さんが笑った。

型染めの紙の数量など、まだ相談しなければならないことがあるので、駅ビルの二階にある日本茶のカフェにはいった。

落ち着いた雰囲気で、席も広い。わたしは藤崎さんにならって茶菓子付きの煎茶《せんちゃ》にした。抹茶ケーキに惹《ひ》かれたが、仕事の席でバイトがケーキをパクパク食べるわけにもいかない。

関谷さんはお茶とともに抹茶ケーキを注文していて、わたしも食べたいよ……と思ったが、ここは我慢である。

「今日はほんとにありがとうございました。ああいう工房は伝手《つて》がないとなかなかはいれるものじゃありませんし、勉強になりました」

注文が終わると関谷さんが言った。

「ああいうところで作っていたんですねえ。写真は見ていましたが、あの高い天井、鉄パイプの上にたくさんならんだ型……。ああいう空気感は実際にその場に行ってみないとわからないですからね」

関谷さんの言葉に大きくうなずいた。

「古い建物ですけど、すごく効率的に作られているな、って感じました。作業しやすいように工夫されてて……。機械がたくさんある工場とはちがうんですけど、考え抜かれた配置ですよね」

わたしは言った。工房で写真を撮っていたときから感じていたことだった。

「むかしの工場というのはそうですよね。紙漉《かみす》きの職人さんのところもそうだし、活版の木本さんのところも……。効率よく作業できるようにすごく整えられてるし、道具もきれいに手入れされてる」

　藤崎さんがうなずいた。

「それに、なんていうか、少しなつかしさもあったんですよね。実は、わたしの実家がむかし小さな町工場をしていたもので」

　関谷さんが言った。

「どんなものを作っていたんですか」

　気になって訊いてみた。

「ネジとか歯車みたいな機械の部品です。業種はちがいますけど、わたしが子どものころは工場ってこんな感じだったなあ、という、なつかしさがこみあげてきて……。あの社長さんの話もねえ」

　関谷さんが少し目を閉じた。

「廃業された工場の型を引き取って、っていう話をされてたじゃないですか。それを聞いてて、胸が痛くなったんですよ。うちの工場も結局わたしが継がなかったから廃業しちゃって。まあ、親父はこの仕事もけっこうきついし、お前は継がなくてもいい、って言ってくれてたんですけど。その親父も三年前に亡くなって……。でも、思い出すのはいつもあの工場にいる姿なんですよねえ」

　わたしもだ、と思う。遊んでくれたときの記憶もあるが、父のことを考えていていちばんに浮かぶのは、机に向かっているうしろ姿だった。

「工場はどうなったんですか」

わたしは訊いた。

「ずいぶん前に壊しましたよ。いまは駐車場になってます。わたしが継いでいたとしてもあの工場のままじゃやってけなかったでしょうし、あたらしい機械を導入したり、建物を改築したりで、あのむかしの工場の風景はどのみち消えたとは思いますが。でも、ああやってむかしのまま続けている現場を見ると、わたしたちはいつのまにかいろんなものを失ってしまったんだなあ、と思ったりして」

関谷さんが息をつく。

「さっき工場で職人さんが糊《のり》をおいてるところを見たじゃないですか。むかしは、って言うけど、そんなおおむかしじゃないんですよ。せいぜい数十年前まではあれがあたりまえだった。水槽で水のなかの紙をさわりましたよね、あのときのぬるっとした感触も……。むかしは仕事ってこういう手触りのあるものだったなあ、って」

「あれは気持ちよかったですね。もっと続けたいような気がしました」

「ははは、そうですか」

関谷さんが笑ったとき、お茶とお菓子が運ばれてきた。

「これはおいしそうだ。抹茶の色が新緑みたいで……」

関谷さんがじっと目を凝らし、ケーキを見る。

「いただきます」

そう言って、煎茶に口をつける。ふわっと香りが広がって、気持ちが空気に溶け出していく。関谷さんはケーキにフォークを入れ、ぱくんと食べた。

「おいしいですよ、これ。抹茶の味がすごく濃い。さすがお茶の店のケーキですね」

うれしそうに言いながらぱくぱく食べている。いいなあ、と思いながら、わたしもお茶菓子を口に運んだ。こちらも香ばしくてとてもおいしい。

「関谷さんはほんとに色というものが好きなんですね」

藤崎さんが言った。

「色が……？」

関谷さんが不思議そうな顔になる。

「長いことインクにかかわる仕事をしてきたので、紙と色のことばかり考えているのかもしれませんね。わたしは字が特別うまいわけではなくて、いえ、どっちかっていうと癖字なんですけど、万年筆の文字にできる微妙な濃淡とか、紙に染みこんだインクを見ていると、それだけできれいだなあ、とじわっとくるときがあって……」

そう言って、苦笑いした。

「関谷さんの作ったインク、とてもきれいですよね。とくに童謡シリーズは歌のイメージとあいまって、すごく……」

言葉に迷い、口ごもる。

「心に染みこんでくるみたいです」

少し考えて、ようやくそう言った。

「そう言ってもらえるとうれしいですねえ」

関谷さんが微笑んだ。

「そういえば、朝の新幹線のなかで、万年筆を使いはじめた話をしましたよね。古いもので、いまは文具店の人に勧められて、同じメーカーのインクを使っているんですけど、『春の小川』を使ってみたいな、と思っていて。同じメーカーのインクじゃないとダメでしょうか」

「同じメーカーならまちがいないですけど、別のメーカーのものでも大丈夫な場合もあります。相性というか……。ちなみにどこの万年筆ですか？　わたしの方でも試しているので、ある程度はわかります。でも古いものなんですよね。それによってもちょっとちがうかも」

「はい、いま持っているので、出しますね」

カバンに手を入れ、ペンケースを取り出す。なかの万年筆を関谷さんに差し出した。

「モンブランですか。なかなかいいものですね」

関谷さんがうれしそうににっこり笑った。

「そうなんですか？」

「これはマイスターシュテュックというシリーズのものです。ポピュラーなシリーズで、いまも製造されてます。サイズがいくつかあるんですが、これはそのなかの１４６。

ル・グランと言われているものです。一九七〇年代から八〇年代のモデルですね」

「七〇年代から八〇年代？　そういえば母が言ってました。これは父がはじめての本を出したとき大学時代の恩師から贈られたものだ、って」

父は大学在学中から雑誌などで文章を書く仕事をしていた。最初の本が出たのは、一九七六年、父が二十六歳のときだ。

「本……。そういえば吉野さんのお父さまは作家だったんですよね。物語ペーパーに刷られているのは吉野さんのお父さまの作品だと綿貫さんから聞きました」

関谷さんがわたしを見る。

「はい、吉野雪彦といって……。わたしが子どものころに亡くなりましたが」

「すばらしい小説を書かれた方ですよ。綿貫さんも僕も僕の祖母もファンなんです」

となりから藤崎さんが言った。

「そうなんですね。わたしは小説のことはよくわからないのですが、物語ペーパーの文章はなんだか胸に迫るものがありましたねえ。そうですか、インクのシリーズタイトルを決めたときの吉野さんの鋭い言語感覚はお父さまゆずりということだったんですね」

関谷さんがうなる。

断じてそうではない、と思う。あのときはまさに「数撃ちゃ当たる」で、しかも関谷さんが選んだのはわたしがいちばん気に入っていたのとは別のものだった。

「万年筆は母が保管していたんです。最後にきちんと洗浄してとってあったので、すぐにちゃんと使えました」

「そうですか。大事に保管していたお母さまの気持ち、わかるような気がします。文筆家にとっては万年筆は相棒のようなものですからね」

関谷さんの言葉にはっとした。母が万年筆を出してきたとき、そこまでは考えていなかった。幼いころのわたしがほしがっていたから、父に言われて保管しておいてくれた、くらいに思っていた。

でも、万年筆は作家の相棒、いや、分身みたいなものかもしれない。あのときは「渡すのを忘れてた」みたいなことを言ってたけど、母にとっても大事なもので、渡してしまうのが惜しかったのかもしれない。

「これが吉野先生が使っていた万年筆なのか。すごいな。これであの作品を書いていたのかと思うと……」

藤崎さんもじっと万年筆を見た。

「欧米みたいにタイプライターもないですから、ワープロ普及以前は作家といえば直筆ですよね。万年筆を使う人が多かったと聞きます。三《み》島《しま》由《ゆ》紀《き》夫《お》や池《いけ》波《なみ》正《しょう》太《た》郎《ろう》はモンブランを愛用してたとか」

関谷さんが言った。

「でも、関谷さん、すごいですね。見るだけで型や作られた年代までわかるなんて。父がデビューしたのは一九七六年ですから、七〇年代でぴったりです」

「キャップの刻印やクリップの形である程度わかるんですよ。それに、実はわたしも七〇年代後半の１４６を愛用していましてね。父が高校の入学祝いに買ってくれたんです。だれかから入学祝いと言ったら万年筆だって言われたらしくて。けっこう高いものなのに、どういう風の吹きまわしだったんだか。あのころは会社の業績もよくて、まあまあお金もあったのかなあ」

関谷さんが照れたように笑った。

「七〇年代から八〇年代にかけてのマイスターシュテュックは書き味がやわらかいことで有名なんです。中古市場でも人気があるんですよ。とくに１４６はやわらかい」

そう言って、ペン先をじっと見る。

「これは全金ですけど、モンブランのニブにはバイカラーもあって……」

「ニブ？」

「あ、ペン先のことです。全金のニブは装飾がシンプルなんですけど、わたしはこちらの方が渋くて好きなんですよ。ペン芯《しん》もこのころのものはエボナイトという素材でできていて……。ゴムの一種ですね。なかなかすぐれた素材ですが、いまはプラスチックに変わってしまった」

専門用語がいくつも出てくる。こんなに小さな筆記用具なのに、ほんとに奥が深いんだな、と思う。

「わたしは大学で工業デザインを専攻してたんですよね。希望していた会社に落ちまくって、なぜかインクメーカーに就職したんですけど。仕事で万年筆を見るうちにだんだん集めるようになった。自分の根っこに親父が作ってた機械部品の精巧さみたいなものが染みついているのかなあ、って、四十過ぎてから気がつきましたよ」

関谷さんが笑った。

「ずいぶん集めましたけど、結局普段はいつも最初に親父にもらった１４６を使ってます。手になじんでいるんでしょうかね。ほら、これです」

そう言ってペンケースから万年筆を出す。父の万年筆とよく似ていた。

「似てますね」

「同じシリーズですから」

関谷さんが微笑む。

「行きはちがう万年筆を使ってましたよね」

「ええ。あれには試作品のインクを入れてるんです。こっちのモンブランは書類を書くとき用で、いつもミッドナイトブルーを入れてる」

「あ、わたしも同じです」

「その万年筆なら、うちのインクを入れても大丈夫だとは思います。でも、なぜ『春の小川』なんですか？」

関谷さんが訊《き》いてきた。

「実はわたしの名前『百花』は父がつけたもので……。『春の小川』の歌詞から取ったらしいんです」

「ああ、たしかに、歌詞に花が出てきますよね」

「はい。でも、母が言うには『花のようにうつくしい人になってほしい』ということではなくて、『花のうつくしさを愛《め》でることができる人になってほしい』という意味だったらしくて……」

「なるほど。花じゃなくて『春の小川』そのものの方……」

関谷さんに言われ、うなずいた。歌のなかで「春の小川」は、すみれやれんげに「咲けよ咲けよ」とささやきながら流れていく。

「さすが作家さんは考えることがちがうなあ」

関谷さんが腕組みしてうなずいた。

「そうだ、そしたらちょっとこれ見てもらえますか？」

思いついたように言ってトランクから小さなケースを出した。

「明日《あした》の会議で使う資料なんですけどね」

関谷さんはケースから紙コップと細長い紙とインクの小瓶、お店でポップを吊《つ》るすような小さなスタンドを取り出した。そうしてお店の人を呼びとめ、紙コップに水を入れてきてほしい、と頼んだ。

「なにをするんですか？」

「ちょっとした実験ですよ。ああ、すみません、ありがとうございます」

関谷さんはお店の人が運んできたコップを受け取り、テーブルに置いた。細長い紙の端の方に小瓶にはいったインクを塗る。

「あ、『春の小川』ですね」

見覚えのある色だった。

「そうです。あともうひとつくらいやっとこうかな。『故郷』にしましょう」

関谷さんはそう言ってもうひとつの小瓶を開け、別の紙の端の方に塗った。

「じゃあ、これを……」

インクのついていない方の端を上にしてスタンドのクリップに固定し、反対を紙コップに入れる。インクをつけた部分がはいらないよう、端っこだけ水につけた。

「なるほど、クロマトグラフィーですか」

藤崎さんが言った。紙に水が染み、インクがふわあっと上にのびる。

「あ、にじんだ。きれいですね」

「じゃあ、このまま少しおいておきます。そのあいだにお茶とお菓子の続きを……」

関谷さんが言った。見るとずっと話していたせいで、関谷さんのケーキはほとんど減っていない。わたしたちもすっかり話に夢中になっていた。添えられていたポットから急須《きゅうす》にお湯を注ぎ、お茶のおかわりを淹《い》れた。

雑談しながら見ていると、紙に染みたインクは上へ上へとのびていき、しだいに色が分離してきた。

「なんか、色が分かれてきましたけど……」

「そうそう。クロマトグラフィーだからね。成分の性質によって染みこみ方がちがうんだ。それで、インクに混ぜられている染料が分離できるんだよ」

藤崎さんが言った。

「こんなにいろいろな色が混ざってるんですね」

クロマトグラフィー？　高校の化学の授業で習ったような……。

ちょっと驚きながら分離した色を見た。

「春の小川」はくすんだ緑色なのだが、青や黄色だけではなく、薄い紫やピンクのような色まで混ざっている。茶色っぽい「故郷」も、青、黄、赤……とあざやかな色に分離した。これだけの色が隠れていたんだ、と思った。

「こういう色でできていたんですね。『春の小川』はまさに春の小川ですし、『故郷』もふるさとの風景を思わせますね」

藤崎さんの言葉に、そうかもしれない、と思った。

分離したときにほんとうの姿があらわれるのかも……。

「そういえば、にじみの効果を利用した染め紙もありますよ。板締め染色とか」

藤崎さんが言った。

「板締め染色？　なんですか？」

関谷さんが訊いた。

「紙を何回も折って、それを板で締めてから染めるんです。折り目のところから染みていって、模様になる」

「へえ、それはきれいでしょうねえ」

関谷さんが目を閉じる。

「染色方法はほかにもいろいろあります。墨流しとか、丁子《ちょうじ》引きとか」

藤崎さんがスマホでいろいろな染め紙を出して見せてくれた。染め紙の技法についても少し説明が書かれていた。記念館の棚でも見たことがあったが、これまではどうやって染めるかまで考えていなかった、と思った。

「こういう技法も記念館で紹介したいですね。体験は無理かもしれないですが」

わたしは言った。

「いや、板締め染色だったら、うちのレクチャールームでもちょっとした体験ができるかもしれない」

藤崎さんが答えた。

「ワークショップ、盛況みたいですね。定期的におこなうことにしたとか。文字箱の綿貫さんから聞きました。いいと思いますよ。やっぱり、自分の手でなにか作るっていうのは、すごく記憶に残りますからね」

関谷さんが言った。

「いつかモリノインクさんともコラボしたい、と吉野さんから企画が出てます」

藤崎さんがわたしを見た。

「ほんとですか？　それは興味ありますね。いや、うちも文具店から簡単なイベントを頼まれることはあるんですが、場所の問題でできることがかぎられていて。記念館で、となれば、もう少し工夫できそうですし」

関谷さんが目をかがやかせる。

「文具店ではどんなイベントをされてるんですか？」

「この前は『自分だけのインクを作る』というのをやりました。インクは化学変化を起こすのでふつうは混ぜない方がいいんですが、混ぜられるインクもあるんですよ。それを使ってブレンドすれば、自分だけの色を作ることもできるんです」

そんなことができるとは。夢のような話だ。万年筆好きの松下さんもきっと興味を持つだろう。

「はじめは『手紙の書き方教室』みたいなものを考えてたんですけど、自分だけのインク、素敵ですね。さっきのクロマトグラフィーみたいな実験もおもしろいかも、と思いましたし……」

「じゃあ、その話はまた後日相談しましょう。わたしもほかになにができるか考えておきます。さて、今日はそろそろ行きましょうか」

関谷さんがクリップから紙を外す。

「こちらは差しあげますよ。栞《しおり》にでも使ってください」

「ありがとうございます」

「まだ完全に乾いてないですから、ほかのものにくっつけない方がいいですよ」

関谷さんはそう言って、薄い紙にはさんで差し出した。

「あと、さっきの話ですが、『春の小川』のインク、入れても大丈夫だとは思いますが、お父さんの形見となると、世界に一本しかない大事なものですよね。トラブルになったらいけないから、おかしいと思ったらすぐにインクを抜いて洗浄してください。やり方はうちのサイトにも書いてありますから」

「わかりました。でも、お話を聞いていて、もう一本万年筆を買ってみようかな、とも思いました。父もブルーブラックを使っていたみたいですし、こちらにはそのままこのインクを入れて、ほかのインク用に万年筆かガラスペンを買ってみようかな、って」

「ああ、それもいいですね。書類を書くのにカラーインクってわけにもいかないし、オーソドックスな色のものも必要です」

「今度お給料が出たら考えます」

わたしが答えると、関谷さんはにこっと笑った。

「ここはわたしが払いますよ。便乗させてもらって、いい勉強になりました」

関谷さんは立ちあがり、さっと伝票をつまんでレジに行った。

7

店を出ると、関谷さんが紙袋を差し出した。

「これ、さっきのケーキです」

「えっ、そんな……いいんですか？」

「さっき、食べたそうにしてたじゃないですか。おみやげにしてください」

悟られてた……。恥ずかしくて顔が赤くなる。

「冷凍みたいですが、ドライアイスがはいってるので、東京まで大丈夫だそうです。家に帰ったら冷凍庫に入れてくださいね」

紙袋のなかをのぞくと、銀色の保冷パックがはいっていた。

ひかりの方が早くやってきて、関谷さんは手をふりながら乗っていった。

「関谷さん、いい人だな」

ホームで新幹線を見送ったあと、藤崎さんが言った。

「気がまわるというか……。僕も見習いたいよ」

その言葉に、ちょっと衝撃を受けた。

藤崎さんって、そんなことを思う人だったのか。

「静岡支社での発表、うまくいくといいですね」

ホームにやってきたのぞみに乗りこみ、席につく。藤崎さんはさっそくテーブルを出し、ノートパソコンを広げた。溜《た》まっていたメールの返事を書いているみたいだ。

窓の外を見ながら、行きは関谷さんがいてにぎやかだったなあ、と思う。カバンのなかの荷物の上にそっと置いてあったクロマトグラフィーの紙を取り出した。

にじみがとてもきれいで、吸いこまれそうになる。ワークショップ、この手法で栞を作るのもいいかもしれない、と思った。

これって和紙でやったらどうなるんだろう。和紙にこだわらず、インクの実験工房みたいな内容もおもしろいかもしれないなあ。関谷さんの言っていたオリジナルインク作りも素敵だし。

やってみたいことはいろいろある。体験のワークショップもいいけれど、今回のように工房をめぐって見てきたことも知らせたいし、職人さんの作業の映像を見ながらお話を聞くとか、薫子さんにむかしの和紙製造元について語ってもらうとか。展示ももっと充実させたいし……。

——でも、もう一度記念館を作ることになったとき、このままでいいんでしょうか。

梶井さんの言葉が頭をよぎる。

——全体のビジョンを持たないといけないんじゃないでしょうか。

あのとき、梶井さんはそう言っていた。和紙に興味のない人にアピールするか、と言われたらよくわからない、と。

――記念館を最終的にどういう形にしたいのか。そのイメージをはっきりさせて、それを実現する方法を考える。記念館を作る目的はなんなのか、だれをターゲットにするのか。その上で、前面に出すところと切り捨てるところを決めて、具体的な形にする。

具体的な形……。記念館のあるべき姿。

記念館を作ったときにはあの形でよかったのだろう。でも、人々は時代によって変わる。いまの人にアピールする形にするにはどうしたら……。

藤崎さんがノートパソコンを閉じる音がした。

「終わったんですか」

「うん、とりあえず今日返さないといけないメールには全部答えた。吉野さんはどうだった、染め工房の印象は」

「はい。見に行ってよかったです。やっぱり現場に行くとちがいますよね。建物のなかの雰囲気とか、空気とか。写真ではわからない実感があります」

糊《のり》をおいていた職人さん、水元で糊を流していた職人さん。色を調整していた職人さん。みんな一心に作業していた。

「写真もたくさん撮りましたし、ゆくゆくはサイトの方でも紹介したいです」

「そうだね。染め工房さんもかまわないって言ってくれてるし。写真と文章は載せる前に確認を取るけど」

藤崎さんは座席の背にもたれた。

「今日はいろいろなことを考えました。藤崎さんがおっしゃっていた板締め染色のワークショップも素敵ですし、モリノインクさんとのコラボも魅力的ですし」

「そうだね。インク好きは多いから、話題になるだろう」

「体験だけじゃなくて、こうやって現場をめぐった記録の発表もしたいし、職人さんに実演してもらったり、薫子さんにむかしのことをお話ししてもらったり、できることはいろいろあるなあ、と。それにショップも。昼間見たお店でも学ぶことが多くて」

「そうか。吉野さんはすごいな」

「え、なんでですか？」

「いや、ますます積極的になってきたなあ、って」

藤崎さんの口元に少し笑みが浮かんだように見えた。

「この前hiyoriの梶井さんと話したことが大きいのかもしれません」

「梶井さんって、あの編集長さんか」

「梶井さんはhiyoriの立ちあげメンバーだということで、起業の経験もある。それで、記念館のあり方についていろいろ訊《き》いてみたくて。あのビルは来春取り壊しになるので、記念館をいったん閉めなければならないこともお話ししました。ここだけの話ということで、記事には書かないようお願いしましたが……。いけなかったでしょうか？」

ちょっと心配になり、そう訊いた。

「いや、その話はとくに秘密というわけじゃないし、本社の人たちも外で話していることだから、別にかまわないよ。それで、梶井さんはどんなことを？」

「もしあたらしく記念館を作るなら、いまの記念館から発想するんじゃなくて、まずは全体のビジョンを決めた方がいいんじゃないか、って」

「なるほど。いまのものをちょっと変える、ってことじゃなくて、全体の構想から考えた方がいい、ってことだな」

「そうですね。いまの和紙に馴染《なじ》みのない人たちに和紙をどう提示すればいいのかを考えるところからスタートして、全体の形を決める。和紙の魅力を伝えることは前提として、どう伝えるか、どうアピールするのかというところから決めた方がいいんじゃないか。そうしないといま記念館を作る意味がないんじゃないか、と」

「うーん。たしかにその通りだね。父からもよく似たようなことを言われているよ」

藤崎さんが深くうなずいた。そうか、晃成さんは広報として有能な人だという話だったし……。

「僕は最初、和紙のよさをわかってくれる人だけに伝わればいい、と考えていた。でも、最近それではダメだってわかってきた。吉野さんのおかげでもある」

「わたしの？」

「はじめて和紙に触れた人でも和紙の魅力を感じるんだ、と気づかせてくれたし、そういう人が僕には思いつかないような和紙の魅力を引き出すこともある、ということもわかった。和紙にはまだまだ未知の力が隠されているって感じたんだよ」

　藤崎さんはかみしめるように言った。

「伝わる人にだけ伝わればいい、という態度では先細りになってしまう。作り手のためにも、あたらしい道を探していかないと、と思ったんだ」

「竹本さんからクラウドファンディングのことも聞きました。藤崎産業でクラウドファンディングというわけにはいかないだろうけど、クラウドファンディングでうまくいった事例を見てみるのもいいんじゃないか、いまの人たちがなにを求めているのかがわかるかもしれない、と。それで、わたしも自分なりに調べてみました」

「え、ほんとに？　それで？」

　藤崎さんが驚いたような顔になる。

「個人の支援だからかもしれませんが、利益よりプロジェクトが持つ夢みたいなものの方が重視されている気が……。その人の夢がほかの人にとっても共感できるものだったり、広める価値があると思えたり、そういうものが支持されているように感じました」

「なるほど、夢……」

「そういえば、藤崎さんも前に、夢っておっしゃってましたよね。美濃に行った帰り、あたらしいものを作ることは紙漉《かみす》きに宿る夢を掘り起こすことじゃないか、って」

　思い出してそう言った。

「うん。祖母もそれで、あたらしいものを作ろうとする人たちを応援しているんだ、というようなことを……」

藤崎さんが天井を見つめる。

「夢か」

ひとりごとのようにつぶやき、目を閉じる。

「もしかしたら、物語、ってことなのかもしれない」

藤崎さんは思いついたようにそう言って、こっちを見た。

「物語？」

「ずっと感じてきたことなんだ。これまでかかわってきた職人さんたちはみんな物語を背負っている、と。代々受け継がれてきたものだったり、あたらしく出会って惹《ひ》かれたものだったり、その道にはいる理由は人それぞれだけど、みんななにかしらそこで働くための物語をかかえている」

「そういえばそうですね」

紙漉きの房野《ふさの》さんも、彫金の淵山さんも、水引の西田さんも。今日の工房の社長さんも、みんな物語を持っていた。

「うーん、逆かな。人はみんな生きているかぎりだれでも物語をかかえているものだからね。職人さんたちだけじゃない。人は、人の持つ物語に反応するんだ、ってこと。僕には僕の、吉野さんには吉野さんの物語がある。それを知ることで、おたがいのことを理解したり、惹かれたりする」

その通りだ。今日の関谷さんの話も。実家が町工場だったこと、お父さんから万年筆をもらっていたこと。その話を知って、関谷さんという人が少しわかった気がしたし、関谷さんのインクへの思いもわかった気がした。

「人だけじゃなくて、ものにもそれがそなわっているんだね。とくに歴史を背負っているものは。紙でも布でも器でも、いろんな人の思いがからまりあって、ものが作られていく。その物語に触れたとき、人は心打たれる。その向こうにいる人々の姿を思い描くから」

「その通りだと思います」

わたしが答えると、藤崎さんは前に視線を戻した。

「具体的な形はまだ全然わからないけどね。ものの歴史やものとしての素晴らしさを伝えるだけじゃダメなんじゃないか、と思うんだ。ものにかかわる人の歴史も伝える。ものを作ってきたのは人、すべてのものは人の手で作られてきたんだっていうこと。それを伝えていきたいな、って」

そうかもしれない。

わたしが和紙に惹かれてきた理由もそこにある気がした。

質が高いから、伝統があるから。もちろんそれも大きい。でも、伝統はそれを支えてきた人々がいるから成り立つものだ。ゆるぎない質の高さの下には、それを支えてきたひとりひとりの人々の手がある。

いままで紙に触れるたびに心が揺れたのは、そういうたくさんの人々の手を感じたからだ。いまあたらしく紙を作るとき、むかしの人たちの手にあたらしい人の手が重なる。その瞬間を思うと心がふるえる。

「そうですね。みんなに作ることを体験してもらうのも、これまでものづくりにかかわってきた人たちの気持ちを感じるためなのかもしれないですね。歴史や伝統だけじゃダメ、見た目のうつくしさ、かわいさだけでもダメ……」

わたしが言うと、藤崎さんがうなずいた。

「歴史を伝えること、自分で体験してもらうこと、和紙の未来を提示すること。これを三本の柱としてなにができるか。僕もいろいろ考えてきた。ミュージアム工房みたいな形にできたら、とも思っているんだけど」

「ミュージアム工房ですか？」

「そう。博物館でもあり、紙製品を買うこともできて、職人さんの実演を見たり、体験したりすることもできる。さらに紙を使った制作の相談もできて、自分で紙漉きできる貸し工房もあり、和紙作品を展示するギャラリーもあって……」

藤崎さんがぽつりぽつりと話す。

「そんな場所ができたらいいですね」

そう口にしたとたん、なぜか涙が出そうになった。

そんな場所ができたら。むかしからの人々の思いが流れこみ、またあたらしいものを産み出していく、そんな場所。

「でも実現しようとしたら、相当な広さが必要になるよね。作ったあとちゃんと運営していくためにも、どれだけお金と労力がかかるかわからない」

藤崎さんがため息をつく。

「だからまあ、これもひとつの夢みたいなものだな」

そう言って、苦笑いした。

たしかに大きな夢だ。でも……。

「でも、はじめないとなにも動きませんよね。夢見るだけでは、実現できない」

勇気をふりしぼって言った。

目上の、ずっと記念館の館長をしてきた藤崎さんに、わたしのような去年はいったばかりのバイトがこんなことを言うのは失礼だとわかっていたけれど。

「そうだね」

藤崎さんがうなずいた。

「僕もそう思う。自分の人生をかけて取り組むべきこと。藤崎産業で実現できなかったらほかの道を探してでも。それくらいの気持ちじゃないとできない」

人生をかける。

学生のあいだだけ、自分が楽しいと思っているあいだだけ、ちょっと首を突っこむのとはちがうんだ。ほかのいろんな可能性を全部捨てて打ちこまないと達成できないことがある。それでも達成できるかどうかわからない、大きなこと。

「でも、僕にはこれ以外にないんだから、ただそれに自分のすべての人生をかける決意をすればいいだけ」

ひとつに決める。

むかしの人は選ぶことすらできなかった。自分の生まれた家の家業を継ぐ。生きるために仕事をする。紙だってそうやって生まれてきた。

いまは自由に選べる。だから自分で決めなければならない。自分の責任で決めなければならない。

みんな、どこかでそういう決断をしなくちゃならないんだろう。いままで出会ってきた人たち、翠さんも淵山さんも綿貫さんも西田さんも、みんなそうやって選んだ道を歩んでいる。森沢先輩や莉子だって、天野さんだって。

わたしは……。和紙がほんとにわたしの道なのか。和紙の仕事をしたい、と思っていたけれど、人生をかけられるのかと問われると、わからなくなる。

夢というのはそれほど重いものなんだ。

「最近ようやくそのことがわかった。吉野さんのおかげでもある。ありがとう」

藤崎さんは前を向いたまま言った。

なんだか胸が苦しくて、なにも答えられなかった。

「もちろん、失敗したからって吉野さんのせい、ってことじゃないからね」

藤崎さんが笑った。

「僕が決めたことだから。いままではいつもどこかで自分のいる場所を暫定的なもののように感じてた。はじめてかもしれない、自分で自分のことを決めたのは。いまはその決断に誇りを感じてる」

誇り。生きてくってそういうことなんだろうか。

「それに、うまくいかなかったとしても、目指すものがあるのはしあわせなことだと思うしね」

藤崎さんの言葉が胸のなかに染みこんでくる。藤崎一族の一員である藤崎さんと、そうでない自分では立場もちがうし、背負っているものもちがう。でもわたしだって、いつかはちゃんと決めなければならない。

テーブルの上に置いたクロマトグラフィーの紙に目がとまる。春の小川。故郷。にじんで分離した色。表に見える色のなかにいろんな色が隠れている。

まだ口に出すことはできない。でもわたしも……。

この道を行きたい。

心の深いところでそう思っていた。

本書は書き下ろしです。

紙《かみ》屋《や》ふじさき記《き》念《ねん》館《かん》
故郷《こきょう》の色《いろ》 海《うみ》の色《いろ》

ほしおさなえ

令和3年 8月25日 初版発行

発行者●堀内大示

発行●株式会社KADOKAWA
〒102-8177 東京都千代田区富士見2-13-3
電話 0570-002-301(ナビダイヤル)

角川文庫 22787

印刷所●株式会社暁印刷
製本所●本間製本株式会社

表紙画●和田三造

◎本書の無断複製(コピー、スキャン、デジタル化等)並びに無断複製物の譲渡および配信は、著作権法上での例外を除き禁じられています。また、本書を代行業者等の第三者に依頼して複製する行為は、たとえ個人や家庭内での利用であっても一切認められておりません。
◎定価はカバーに表示してあります。

●お問い合わせ
https://www.kadokawa.co.jp/ (「お問い合わせ」へお進みください)
※内容によっては、お答えできない場合があります。
※サポートは日本国内のみとさせていただきます。
※Japanese text only

©Sanae Hoshio 2021 Printed in Japan
ISBN 978-4-04-111418-6 C0193

◇◇◇

角川文庫発刊に際して

角川源義

第二次世界大戦の敗北は、軍事力の敗北であった以上に、私たちの若い文化力の敗退であった。私たちの文化が戦争に対して如何に無力であり、単なるあだ花に過ぎなかったかを、私たちは身を以て体験し痛感した。西洋近代文化の摂取にとって、明治以後八十年の歳月は決して短かすぎたとは言えない。にもかかわらず、近代文化の伝統を確立し、自由な批判と柔軟な良識に富む文化層として自らを形成することに私たちは失敗して来た。そしてこれは、各層への文化の普及滲透を任務とする出版人の責任でもあった。

一九四五年以来、私たちは再び振出しに戻り、第一歩から踏み出すことを余儀なくされた。これは大きな不幸ではあるが、反面、これまでの混沌・未熟・歪曲の中にあった我が国の文化に秩序と確たる基礎を齎らすためには絶好の機会でもある。角川書店は、このような祖国の文化的危機にあたり、微力をも顧みず再建の礎石たるべき抱負と決意とをもって出発したが、ここに創立以来の念願を果すべく角川文庫を発刊する。これまで刊行されたあらゆる全集叢書文庫類の長所と短所とを検討し、古今東西の不朽の典籍を、良心的編集のもとに、廉価に、そして書架にふさわしい美本として、多くのひとびとに提供しようとする。しかし私たちは徒らに百科全書的な知識のジレッタントを作ることを目的とせず、あくまで祖国の文化に秩序と再建への道を示し、この文庫を角川書店の栄ある事業として、今後永久に継続発展せしめ、学芸と教養との殿堂として大成せんことを期したい。多くの読書子の愛情ある忠言と支持とによって、この希望と抱負とを完遂せしめられんことを願う。

一九四九年五月三日

銀塩写真探偵

一九八五年の光

ほしおさなえ

胸を打つ永遠の一瞬がある

陽太郎の師、写真家の弘一には秘密の顔があった。それは銀塩写真探偵という驚くべきもの。ネガに写る世界に入り、過去を探れるというのだ。入れるのはたった一度。できるのは見ることだけ。それでも過去に囚われた人が救いを求めてやってくる。陽太郎も写真の中に足を踏み入れる。見たのは、輝きも悲しみも刻まれた永遠の一瞬で——。生きることとは、なにかを失っていくことなのかもしれない。哀切と優しさが心を震わす物語。

角川文庫のキャラクター文芸

ISBN 978-4-04-106778-9

角川文庫
キャラクター小説
大賞

作品募集!!

物語の面白さと、魅力的なキャラクター。
その両方を兼ねそなえた、新たな
キャラクター・エンタテインメント小説を募集します。

大賞 賞金150万円

受賞作は角川文庫より刊行の予定です。

対象

魅力的なキャラクターが活躍する、エンタテインメント小説。
年齢・プロアマ不問。ジャンル不問。ただし未発表の作品に限ります。
原稿枚数は、400字詰め原稿用紙180枚以上400枚以内。

詳しくは
https://awards.kadobun.jp/character-novels/
でご確認ください。

主催　株式会社KADOKAWA